सिंहासन बत्तीसी

मुकेश नादान

विद्या विहार, नई दिल्ली

प्रकाशक : **विद्या विहार**

19, संत विहार (पहली मंजिल) गली नं. 2, अंसारी रोड, नई दिल्ली–110002

सर्वाधिकार : सुरक्षित / संस्करण : 2025 / मूल्य : चार सौ रुपए

मुद्रक : नरुला प्रिंटर्स, दिल्ली ISBN 978-93-80186-43-6

SINHASAN BATTISI

by Shri Mukesh Nadaan ₹ 400.00

Published by **VIDYA VIHAR**

19, Sant Vihar (First Floor), Street No.2, Ansari Road, New Delhi-2

प्रस्तावना

सम्राट् विक्रमादित्य बहुत ही न्यायप्रिय, सत्यवादी, प्रजारक्षक राजा के रूप में जाने जाते थे। राजा विक्रमादित्य के पास एक ऐसा अद्भुत सिंहासन था, जिसमें बत्तीस पुतलियाँ संलग्न थीं। 'सिंहासन बत्तीसी' इन्हीं पुतलियों की रोचक कथाओं का सार माना गया है।

बहुत समय पहले उज्जैन नगरी में महाराजा भोज का राज्य था। राजा भोज उस समय के अद्वितीय राजा माने जाते थे, जिनकी ख्याति दूर-दूर तक फैली थी। एक दिन किसी कुम्हार के बालक को खुदाई करते हुए एक सिंहासन दिखाई दिया। जिसे राज्य के सैनिक राजा भोज के पास ले आए। राजा भोज उस सिंहासन की चमक और नक्काशी देखकर दंग रह गए। उन्होंने ऐसा सुंदर सिंहासन अपने जीवन में पहली बार देखा था। अतः राजा ने अपने मंत्रियों से उस सिंहासन पर बैठने की इच्छा प्रकट की।

सिंहासन की धूल-मिट्टी को साफ किया गया। जिसके कारण उसमें जड़े रत्न आदि और भी चमकने लगे। सिंहासन में सबसे आश्चर्य की बात यह थी कि उसके चारों ओर कमल का सुंदर फूल लिये आठ-आठ पुतलियाँ निर्मित थीं। सभी तैयारियाँ पूरी होने पर शुभ मुहूर्त में राजा भोज ने जैसे ही उस सिंहासन पर बैठने के लिए कदम बढ़ाया, तभी सारी पुतलियाँ खिलखिलाकर हँस पड़ीं।

राजा के द्वारा कारण पूछने पर प्रत्येक पुतली ने राजा को राजा विक्रमादित्य से संबंधित एक-एक कहानी सुनाई और पूछा, "यदि आपके अंदर ऐसी प्रतिभा, ऐसे गुण हैं, तभी इस सिंहासन पर बैठ सकते हैं?"

अंत में बत्तीसवीं पुतली, जो कि उन सभी पुतलियों की रानी थी, उसने राजा को बताया कि अब इस सिंहासन की अवधि समाप्त हो चुकी है। अत: कृपा करके इसे जमीन के अंदर गाढ़ दें। अंत में राजा भोज उन पुतलियों की बात मानकर सिंहासन को उसी स्थान पर गढ़वा देते हैं, जहाँ से उसे निकाला गया था।

प्रस्तुत पुस्तक में बत्तीस पुतलियों द्वारा कही गई कथाओं को सुंदर चित्रों तथा सरल भाषा के साथ प्रस्तुत करने का प्रयास किया गया है। कथाएँ मनोरंजक तथा उपदेशक होने के साथ-साथ हमें हमारी संस्कृति से परिचित कराती हैं तथा धर्म, नीति, न्याय, त्याग आदि गुणों का ज्ञान भी कराती हैं। पुस्तक केवल बाल पाठकों के लिए ही नहीं, अपितु प्रत्येक वर्ग के पाठकों के लिए उपयोगी एवं संग्रहणीय है।

—प्रकाशक

कहाँ क्या है?

पहली पुतली	7
दूसरी पुतली	11
तीसरी पुतली	16
चौथी पुतली	21
पाँचवीं पुतली	25
छठी पुतली	27
सातवीं पुतली	31
आठवीं पुतली	33
नौवीं पुतली	36
दसवीं पुतली	38
ग्यारहवीं पुतली	40
बारहवीं पुतली	43
तेरहवीं पुतली	46
चौदहवीं पुतली	50

पंद्रहवीं पुतली	52
सोलहवीं पुतली	54
सत्रहवीं पुतली	57
अठारहवीं पुतली	59
उन्नीसवीं पुतली	63
बीसवीं पुतली	67
इक्कीसवीं पुतली	71
बाइसवीं पुतली	75
तेईसवीं पुतली	77
चौबीसवीं पुतली	79
पच्चीसवीं पुतली	82
छब्बीसवीं पुतली	84
सत्ताइसवीं पुतली	86
अट्ठाइसवीं पुतली	88
उनतीसवीं पुतली	90
तीसवीं पुतली	92
इकतीसवीं पुतली	94
बत्तीसवीं पुतली	96

1

प्राचीनकाल में गंधर्वसेन नामक एक आर्यावर्त राजा थे, जिनकी नगरी का नाम अंबावती था। राजा की चारों वर्णों की एक-एक रानी थी। पहली पत्नी ब्राह्मण वर्ग की थी, जिसके पुत्र का नाम ब्रह्मणीत रखा गया। क्षत्रिय वर्ण वाली पत्नी के शंख, विक्रमादित्य और भर्तृहरि नामक तीन पुत्र थे। वैश्य वर्ण की रानी के पुत्र का नाम चंद्र तथा शूद्र वर्ण की रानी के पुत्र का नाम धन्वंतरि रखा गया।

ब्रह्मजीत के वयस्क होने पर उसे राज्य का दीवान बना दिया गया, किंतु वह अधिक समय तक जीवित न रह सका और उसकी मृत्यु हो गई।

शंख की गिद्ध दृष्टि पहले से ही सिंहासन पर थी और चूँकि राजा का विक्रमादित्य पर विशेष स्नेह था, इसलिए शंख ने सोचा कि कहीं राजा उसे ही अपना उत्तराधिकारी न घोषित कर दे, यही सोचकर एक रात उसने सोते समय अपने पिता की हत्या कर दी और चारों भाइयों को भी मारने के लिए चल पड़ा। किसी प्रकार इस बात की भनक विक्रमादित्य को लग गई तो वह चुपचाप वहाँ से भाग निकला; किंतु अन्य तीनों अपनी जान न बचा सके और शंख द्वारा मौत के घाट उतार दिए गए।

विक्रम की हत्या कर स्वयं को सुरक्षित रखने के लिए उसने विक्रम का पता लगाने के लिए गुप्तचरों को चारों ओर भेजा। परिणामतः शीघ्र ही उस स्थान को खोज लिया गया, जहाँ विक्रम सरोवर किनारे तपस्या करता था और वहीं कुटिया बनाकर निवास करता था।

शंख ने शीघ्र ही विक्रम को मार डालने के लिए तांत्रिक की सहायता ली,

किंतु होनी को कुछ और ही मंजूर था। विक्रम की छठी इंद्री ने उसको खतरे का आभास कराया और उसने चालाकी करते हुए अपने स्थान पर तांत्रिक की गरदन झुकवा दी और स्वयं वहाँ से हट गया। योजना का अंतिम चरण पूर्ण करने के लिए जैसे ही शंख ने झुकी हुई गरदन काटी, वैसे ही विक्रम ने झपट्टा मारकर उसकी तलवार छीनकर उसी की गरदन काट डाली। फिर विक्रम शंख के कटे हुए सिर को लेकर राजमहल में जा पहुँचा, जिसे देखकर शंख के समर्थकों को अपने प्राणों का भय सताने लगा और वे वहाँ से भाग निकले।

शेष प्रजा विक्रमादित्य को अपना राजा मानकर उसकी जय-जयकार करने लगी। उज्जैन का सिंहासन सँभालकर विक्रमादित्य तन-मन-धन से प्रजा का पालन करने लगे।

एक दिन विक्रमादित्य कुछ सहयोगियों सहित शिकार के लिए जंगल की ओर गए। एक सुंदर हिरण के पीछे-पीछे वह अकेले ही बहुत दूर निकल आए और उन्हें दिशाभ्रम हो गया।

कुछ देर भटकने के पश्चात् उन्हें एक अद्‌भुत महल दिखाई दिया। महल के बाहर उनकी भेंट उस महल के दीवान लूतवरण से हुई। उसने विक्रमादित्य को बताया कि यह महल महापराक्रमी, ऐश्वर्यशाली एवं महादानी राजा बाहुबल का है। विक्रम को महल के भीतर ले जाते हुए लूतवरण ने बताया कि बाहुबल पर देवों की असीम कृपा है। स्वयं भगवान् शिव ने उन्हें रत्नजड़ित सिंहासन प्रसाद-स्वरूप प्रदान किया है। यदि हमारे महाराज प्रसन्न होकर आपका राजतिलक कर दें तो आप यशस्वी तथा चक्रवर्ती नरेश बन सकते हैं, इस अवसर पर यदि आप उनसे यह चामत्कारिक सिंहासन दान-स्वरूप माँगेंगे तो वे निःसंकोच दे देंगे।

बाहुबल के दरबार में पहुँचकर विक्रमादित्य ने उनका अभिवादन किया। बाहुबल ने भी उनका राजकीय सम्मान किया। विक्रम की बातों और गुणों से राजा बाहुबल बहुत प्रभावित हुए और उन्होंने विक्रम का राजतिलक करके चक्रवर्ती सम्राट् घोषित कर दिया। इस अवसर पर बाहुबल विक्रमादित्य को कुछ भेंट देना चाहते थे, तब उनके आग्रह करने पर विक्रमादित्य ने तुरंत वह सिंहासन माँग लिया।

बाहुबल ने वह सिंहासन सहर्ष विक्रम को दे दिया और सम्मानपूर्वक विदा किया। विक्रम सिंहासन को राजदरबार में ले आए। जिसे देखने के लिए लोगों की भीड़ उमड़ पड़ी। उनकी उत्सुकता देखते ही बनती थी।

2

अद्भुत सिंहासन को प्राप्त करने के पश्चात् विक्रमादित्य पूर्ण निष्ठा के साथ अपनी प्रजा का पालन करने लगे। राज्य के चारों ओर सुख ही सुख था।

एक दिन घुड़सवारी करते-करते विक्रमादित्य पर्वतों के समीप जा पहुँचे। उन्होंने देखा, वहाँ पर्वत पर एक साधु तपस्या में लीन है। घोड़ा वहीं छोड़कर वे साधु के समीप पहुँचे और मौन अभिवादन कर लौटने लगे। उनके शिष्टाचार से प्रसन्न होकर साधु ने उन्हें एक दिव्य फल प्रसाद-स्वरूप देते हुए कहा कि इसका भक्षण करनेवाले को निश्चय ही पुत्र प्राप्ति होगी।

साधु से फल लेकर राजा प्रसन्नचित्त हो उन्हें शीश नवाकर वहाँ से लौट चला। राजा ने वह फल अपनी रानी को दिया और उसके गुणों के विषय में भी बताया। रानी ने वह फल एक नगर कोतवाल को दे दिया। उस कोतवाल से रानी को विशेष लगाव था।

नगर कोतवाल के द्वारा वह फल एक वेश्या तक जा पहुँचा और वेश्या द्वारा फिर राजा के समक्ष प्रस्तुत किया गया। जब राजा ने वेश्या से फल के बारे में पूछा तो उसने कोतवाल का नाम लिया। जिससे राजा को समझते देर न लगी कि उसकी पत्नी उसके प्रति विश्वासपात्र नहीं है, किंतु फिर भी अपने मन को समझाने के लिए राजा ने अपनी पत्नी से फल के विषय में पूछा तो उसने कहा कि उसने वह फल खा लिया। तब राजा द्वारा फल दिखाए जाने पर रानी के पैरों तले से जमीन खिसक गई। रानी का यह छल राजा से सहन न किया जा सका और वह सबकुछ त्यागकर तपस्या के लिए वन में चला गया।

जब देवराज इंद्र को विक्रम के इस प्रकार राज्य छोड़कर चले जाने का पता चला तो राज्य की सुरक्षा हेतु उन्होंने अपना देव वहाँ भेज दिया।

बहुत समय पश्चात् विक्रमादित्य का मन अपने राज्य और प्रजा के लिए विचलित हो उठा। उसी क्षण वह अपने राज्य के लिए चल पड़ा।

आधी रात का समय था। ज्यों ही उसने अपने राज्य की सीमा में प्रवेश करना चाहा, इंद्रदेव द्वारा भेजे गए देवदूत ने उसे रोक दिया और उसका परिचय माँगा। राजा बोला, "मैं चक्रवर्ती नरेश विक्रमादित्य हूँ और यह मेरा राज्य है।"

"विक्रमादित्य बैरागी हो चुका है और वह वन में अखंड साधना में लीन है, यदि फिर भी तू स्वयं को विक्रमादित्य बता रहा है तो मुझसे द्वंद्वयुद्ध कर, मुझे हराकर दिखा।"

अगले ही पल दोनों आमने-सामने थे। उस देवदूत को हराने में विक्रमादित्य को अधिक समय नहीं लगा। अपनी हार स्वीकार करते हुए देवदूत ने उनकी अधीनता स्वीकार कर ली। जाने से पहले उसने विक्रमादित्य को बताया कि उसका कोई शत्रु पिछले जन्म का बदला लेने के लिए योगी बनकर सिद्धि कर रहा है। यदि राजा उसे अपने रास्ते से हटाने में सफल रहा तो प्रजा पालन का सुख भोगेगा। विक्रमादित्य द्वारा पूछे जाने पर देवदूत ने उसके शत्रु का पता-ठिकाना सब बता दिया और स्वयं इंद्रलोक को गमन कर गया।

दरबार में पहुँचकर विक्रमादित्य को पता चला कि उसकी विश्वासघाती रानी ने अपने कुकृत्य का प्रायश्चित्त करते हुए विष पीकर अपने प्राण त्याग दिए। यह जानकर राजा के मन को बहुत शांति मिली।

कुछ समय पश्चात् राजदरबार में एक योगी ने राजा के समक्ष सहायता की गुहार लगाई। राजा ने जब अपने सैनिक उसके साथ भेजने चाहे तो उसने कहा,

"महाराज! मैं आप से मदद चाहता हूँ, आपके सैनिकों से नहीं। यदि आप मेरी मदद करना चाहते हैं तो स्वयं मेरे साथ चलिए, अन्यथा मुझे आपके द्वार से खाली हाथ लौटना पड़ेगा।"

विक्रम अपने द्वार पर आए याचक को खाली हाथ नहीं लौटा सकता था। अतः उसे योगी के साथ जाना पड़ा। विक्रमादित्य को लेकर योगी एक शयनकक्ष में पहुँचा। वहाँ उसने विक्रम से पेड़ पर लटके एक वेताल को लाने के लिए कहा। वेताल एक मुरदा था, जो अपने पूर्वजन्म के कर्मों के कारण पेड़ पर उलटा लटका हुआ था। योगी को सिद्धि प्राप्ति के लिए उसकी आवश्यकता थी।

राजा पेड़ के पास पहुँचा, पेड़ पर लटके वेताल को उतारकर अपने कंधे पर डाला और चल पड़ा। वेताल ने कहा, "राजन्! रास्ता आराम से कट जाए, इसके लिए मैं तुम्हें एक कथा सुनाता हूँ, किंतु मेरी कथा को मौन रहकर ही सुनना। यदि सारे रास्ते तुम्हारे मुँह से एक भी बोल फूटा, तो मैं वापस उसी पेड़ पर चला जाऊँगा।"

विक्रम के चलते ही वेताल ने कथा प्रारंभ की। कथा पूरी होने पर राजा उस कथा के विषय में कुछ पूछ बैठा, जिसके लिए स्वयं वेताल ने ही उसे उकसाया था। अब क्या था, वेताल राजा के कंधे से उतरकर श्मशान के उसी पेड़ की ओर उड़ चला।

चौबीस बार यही क्रम चला। विक्रमादित्य वेताल को पेड़ से उतारकर लाता, वेताल उसे बोलने के लिए उकसाता और उसके बोलते ही वह फिर वापस चला जाता।

विक्रमादित्य की बुद्धिमत्ता और कर्तव्यपरायणता देखकर वेताल उससे बहुत प्रभावित हुआ। जब विक्रमादित्य पच्चीसवीं बार उसे लेकर योगी के पास

चला तो उसने कहा कि जिस योगी के पास तू मुझे लेकर जा रहा है, वह देवी के समक्ष धोखे से तेरी बलि चढ़ा देगा। जिससे वह एक तो सबसे शक्तिशाली तांत्रिक बन जाएगा, दूसरे पिछले जन्म के शत्रु से बदला ले सकेगा।

वेताल के इन वचनों ने उसे देवदूत के वचन स्मरण करा दिए, तब विक्रमादित्य ने वेताल को धन्यवाद दिया और योगी की हत्या में उससे सहयोग माँगा। वेताल ने सहर्ष स्वीकृति दे दी।

वेताल को कंधे पर लादकर विक्रम योगी के सामने जा पहुँचा। उसके इस काम के लिए योगी ने उसकी भूरि-भूरि प्रशंसा करते हुए कहा, "राजन्! अब आप देवी को साष्टांग प्रणाम कीजिए, जिससे देवी प्रकट होकर आपको मनोवांछित वर देगी।"

राजा बोला, "हे योगी! मैं एक राजा हूँ और इसी कारण मैंने आज तक किसी को इस प्रकार प्रणाम नहीं किया। यदि पहले आप मुझे देवी को साष्टांग प्रणाम करके दिखाएँगे तो मुझे ऐसा करने में आसानी होगी।"

योगी राजा की इस बात को टाल न सका और ज्यों ही उसने देवी के समक्ष साष्टांग प्रणाम किया, राजा ने अपनी तलवार से उसकी गरदन काट डाली। देवी ने बलि स्वीकार कर ली। तत्क्षण वहाँ देवी साक्षात् प्रकट हुई, तब राजा ने उसे साष्टांग प्रणाम किया। आशीर्वाद-स्वरूप देवी ने दो वेताल उसकी सेवा में प्रदान किए, जिनसे वह अपनी इच्छानुसार कार्य ले सकता था। आशीर्वाद देकर देवी अंतर्धान हो गई और राजा अपने महल में लौट आया।

3

एक बार पुरुषार्थ एवं भाग्य दोनों ही स्वयं को एक-दूसरे से अधिक सामर्थ्यवान एवं श्रेष्ठ कह रहे थे। बातों से बढ़कर बात विवाद तक जा पहुँची। पुरुषार्थ का कहना था कि यदि कोई व्यक्ति परिश्रम करे तो क्या नहीं पा सकता। उद्यम, परिश्रम एवं जीतोड़ मेहनत से सबकुछ संभव है।

वहीं भाग्य का कहना था कि व्यक्ति मेहनत से सबकुछ प्राप्त तो कर सकता है, किंतु यदि उसके भाग्य में वह सब न हो तो उसका उपभोग नहीं कर सकता और यदि किसी भिखारी के भाग्य में राजयोग लिखा हो तो उसे राजा बनने से कोई नहीं रोक सकता। अत: दोनों ही मानव रूप धारण करके विक्रमादित्य के दरबार में जा पहुँचे।

दरबार में पहुँचकर उन्होंने विक्रमादित्य का अभिवादन किया। तत्पश्चात् वहाँ उपस्थित होने का कारण बताया। राजा ने ध्यानपूर्वक उन दोनों का पक्ष सुना और उन्हें छह माह का समय दिया।

पुरुषार्थ और भाग्य के जाने के पश्चात् महाराजा विक्रमादित्य ने बहुत सोच-विचार किया, किंतु किसी निष्कर्ष पर नहीं पहुँच सके। तब उन्होंने सोचा कि यदि वे नागरिकों के बीच घूम-फिरकर प्रयास करें तो इस समस्या का समाधान अवश्य ही ढूँढ़ लेंगे। तत्पश्चात् विक्रमादित्य ने साधारण नागरिक का वेश धरा और दूसरे राज्य में जाकर एक व्यापारी के यहाँ नौकरी की प्रार्थना की। व्यापारी द्वारा उनकी योग्यता पूछने पर विक्रमादित्य ने कहा, "मैं प्रत्येक उस कार्य को कर सकता हूँ, जिसे कोई दूसरा नहीं कर सकता।"

उनके वाक् चातुर्य से प्रभावित होकर व्यापारी ने उन्हें नौकरी पर रख लिया। कुछ रोज बाद व्यापारी अपना बहुत सा सामान और नौकरों को साथ लेकर विदेश यात्रा पर निकला। विक्रमादित्य भी उसके साथ थे। जहाज समुद्र में कुछ ही दूरी पर पहुँचा था कि भीषण तूफान की चपेट में आ गया। जहाज में चढ़े सभी व्यापारियों और मुसाफिरों का कलेजा मुँह को आ गया। किसी तरह एक टापू के किनारे जहाज को सहारा मिल गया। वहीं लंगर डाल दिया गया। अब सामान सहित सभी लोग सुरक्षित थे। तूफान तो गुजर चुका था, किंतु एक नई समस्या सामने आ खड़ी हुई थी। जहाज का लंगर किसी चीज में फँस गया था, जो कि काफी मेहनत-मशक्कत के बाद उठाया नहीं जा सका। सभी लोग बहुत परेशान थे। सारी तरकीबें लड़ा ली गईं, पर सब बेकार।

तब व्यापारी को विक्रमादित्य के कहे शब्द याद आए और उसने लंगर निकालने का कार्य उन्हें सौंपा। व्यापारी की आज्ञा पाते ही विक्रमादित्य समुद्र के जल में कूद पड़े। उनका सहारा मिलते ही लंगर ऊपर उठने लगा। लंगर उठते ही जहाज तेजी से आगे बढ़ चला।

विक्रमादित्य का साथ जहाज से छूट गया। किसी का भी ध्यान उनकी ओर नहीं गया। कुछ देर समुद्र के उस वीरान तट को निहारने के पश्चात् विक्रमादित्य के पग खुद-ब-खुद एक ओर बढ़ चले। बहुत देर तक यूँ ही चलते रहने के पश्चात् उनकी नजर एक नगर पर पड़ी, जिसके द्वार पर लगी एक बड़ी सी पट्टिका पर साफ-साफ लिखा था- 'महाराज विक्रमादित्य इस नगर की राजकुमारी का वरण करेंगे'।

महाराज विक्रमादित्य कुछ समझ नहीं पाए और सबकुछ भाग्य पर छोड़कर वे महल के भीतर जा पहुँचे। जहाँ उनकी मुलाकात राजकुमारी से हुई।

राजकुमारी साक्षात् सौंदर्य की प्रतिमा थी। किसी अपरिचित को इस प्रकार महल के भीतर आया देख वह कुछ क्रुद्ध स्वर में बोली, "कौन हो तुम और यहाँ क्या कर रहे हो? क्या तुम्हें किसी ने रोका नहीं?"

विक्रमादित्य, जो अभी तक उस सुंदरी को निहारे जा रहे थे, अचानक नींद से जागे।

"मैं चक्रवर्ती सम्राट् विक्रमादित्य हूँ, देवी! तुम्हारे नगर-द्वार पर मेरे नाम की पट्टिका लगी हुई है, जिसे पढ़कर अंदर आने में मैंने कोई बुराई नहीं समझी। हो सकता है, तुम्हारे पहरेदार मुझे पहचानते हों, इसलिए उन्होंने मुझे न रोका होगा।"

विक्रमादित्य की बातों ने राजकुमारी के मन में उनके प्रति प्रेम का अंकुर उपजा दिया। शुभ मुहूर्त में दोनों का विवाह संपन्न हो गया। अब वह राज्य भी विक्रमादित्य के अधिकार में आ गया और वे उसकी देख-रेख करने लगे। कुछ दिनों के पश्चात् विक्रमादित्य ने अपने राज्य लौटने का मन बनाया। उन्होंने राजकुमारी से विदा ली। यात्रा के लिए एक अच्छा सा घोड़ा और दिशा-निर्देश के लिए कुछ सेवक साथ लेकर वे चल दिए।

रास्ते में विश्राम के लिए विक्रमादित्य एक नदी किनारे रुके। वहाँ उनकी भेंट एक संन्यासी से हुई। राजा के गुण और व्यक्तित्व से प्रभावित होकर उसने उन्हें दो वस्तुएँ भेंट कीं। पहली वस्तु एक माला थी, जिसे पहनने से सभी रुके हुए कार्य पूर्ण हो जाएँगे और पहनने वाला अदृश्य होकर कोई भी कार्य कर सकेगा। दूसरी वस्तु, एक ऐसी चमत्कारी छड़ी थी, जो रात्रि में शयनकाल से पूर्व कोई भी आभूषण माँगने पर तुरंत प्रस्तुत करेगी।

राजा ने सम्मानपूर्वक संन्यासी से दोनों वस्तुएँ ले लीं और उनका आभार

प्रकट किया। कुछ दिनों पश्चात् वे अपनी नगरी आ पहुँचे। राजकुमारी को अति शीघ्र सम्मानपूर्वक अपने साथ लाने का संदेश राजकुमारी के नाम देकर राजा ने सेवकों को वापस भेज दिया। अब राजा कुछ देर विश्राम करना चाहते थे। इसलिए वे एक बहुत ही सुंदर से उपवन में जा पहुँचे। जहाँ पर एक ब्राह्मण और एक भाट ने उनका अभिवादन किया और अपना परिचय देते हुए कहा, "महाराज! हम दोनों आप ही के राज्य के सेवक हैं। हे दीनदाता! हम पर आपकी कृपा कीजिए और हमारी दरिद्रता को मिटाइए। जीवन भर आपका यशोगान करेंगे।"

इस समय राजा के पास संन्यासी द्वारा दी गई वस्तुओं के अतिरिक्त और कुछ न था। अतः उन्होंने छड़ी ब्राह्मण को दे दी और माला भाट को। राजा ने उन दोनों को उनके चमत्कारी गुणों के विषय में भी बता दिया। वे दोनों महाराज की जय-जयकार करते हुए वहाँ से चले गए।

अचानक कुछ सोचते-सोचते महाराज विक्रमादित्य के अधरों पर मुसकान थिरकने लगी, जो कि उनकी किसी सफलता को प्रकट कर रही थी, वे सोच रहे थे कि संन्यासी द्वारा दी गई दोनों वस्तुओं में उनका कोई पुरुषार्थ नहीं बल्कि भाग्य था, जबकि ब्राह्मण और भाट को वे दोनों वस्तुएँ उनके पुरुषार्थ के कारण मिलीं। इस प्रकार उन्हें उनकी समस्या का समाधान मिल गया था।

4

एक बार महाराज विक्रमादित्य अपने मंत्रियों, सामंतों आदि के साथ राजदरबार में उपस्थित थे। तभी एक ब्राह्मण उनके दरबार में आकर उनकी जय-जयकार करने लगा। ब्राह्मण का अभिवादन किया। उसे आदर सहित आसन प्रदान करके उसके आने का प्रयोजन पूछा।

ब्राह्मण ने कहा, "हे राजन्! कुछ दिवस पूर्व की बात है, देवराज इंद्र के दरबार में सभी देवताओं की सभा हो रही थी। वहाँ बातों ही बातों में बहस छिड़ गई कि समुद्रदेव के अतिरिक्त कोई भी देवता सूर्यदेव की तेज किरणों के समक्ष नहीं ठहर सकता। इस बात का समर्थन करते हुए स्वयं सूर्यदेव ने कहा, 'जब हम अस्ताचल की ओर गमन कर रहे होते हैं तब समुद्रदेव एक खंभ के रूप में आकर हमारा अभिवादन करते हैं। इस प्रकार थोड़े समय के लिए हम दोनों का मिलन होता है।

"बहुत देर से चुप बैठे हुए देवेंद्र मुसकराकर बोले, 'सूर्यदेव! मैं आपकी बात से सहमत नहीं हूँ। पृथ्वी पर उज्जैन नरेश महाराज विक्रमादित्य में आपके तेज को सहन करने की क्षमता और साहस दोनों हैं।'

"हे राजन्! मैं आपके समक्ष इंद्रदेव के विशेष दूत के रूप में आया हूँ। वहाँ हुए सारे विवाद की जानकारी मैंने आपको दी। अब मैं आपको इंद्रदेव का वह संदेश सुनाता हूँ, जो मेरे यहाँ आने का मुख्य प्रयोजन है। उनका संदेश है- क्या आप उनके विश्वास का मान रखते हुए सूर्यदेव से साक्षात्कार करेंगे।"

कुछ देर तक गंभीरतापूर्वक विचार करने के पश्चात् विक्रमादित्य ने कहा,

"हे विप्रवर! अपने प्रति इंद्रदेव के विश्वास और आस्था को मैं ठेस नहीं पहुँचने दूँगा। मैं शीघ्र ही सूर्यदेव के दर्शनों का सौभाग्य प्राप्त करने जाऊँगा।"

महाराज के आदेश पर दोनों वेतालों ने उन्हें रात होने से पहले ही मान-सरोवर के हरे-भरे क्षेत्र में पहुँचा दिया।

सवेरा होते ही महाराज मान-सरोवर के किनारे पर जा पहुँचे और उसके बीचोबीच एकटक देखने लगे। जैसे ही ऊषा की झिलमिल तरंगों ने अपने करतब दिखाने आरंभ किए, जल के बीच से एक दिव्य खंभ निकलता हुआ दिखाई देने लगा। उसे देखते ही राजा जल में छलाँग लगाकर तैरते हुए उस खंभ पर जा पहुँचे और खंभ के साथ-साथ वे भी ऊपर उठने लगे।

सूर्यदेव की तेज किरणों का प्रभाव विक्रमादित्य के शरीर पर स्पष्ट नजर आ रहा था। अपने झुलसते हुए शरीर की परवाह न करते हुए उन्होंने अपनी प्रतिज्ञा को अधिक महत्त्व दिया और दृढ़ता से डटे रहे। परिणामस्वरूप उनका शरीर भस्म में परिवर्तित हो गया, जिसका श्रेय सूर्यदेव की प्रचंड किरणों को मिला।

दोपहर के समय जब सूर्यदेव का रथ आकाश को छू रहे खंभ के निकट से गुजरा तो सूर्यदेव की दृष्टि उस पर पड़ी मानव भस्म पर गई। जिसे देखकर उनका हृदय द्रवीभूत हो उठा और उन्होंने सारथी से रथ रोकने के लिए कहा, फिर उन्होंने अमृत की कुछ बूँदें उस मानव भस्मी पर छिड़कीं, जिससे राजा विक्रमादित्य पुनः जीवित हो उठे और उन्होंने सूर्यदेव का अभिवादन किया।

विक्रमादित्य का परिचय पाकर सूर्यदेव सारा माजरा समझ गए और मुसकराकर बोले, "राजन्! देवराज इंद्र ने तुम्हारे विषय में जो कुछ भी कहा था, उसमें लेशमात्र भी झूठ नहीं है। मैं तुमसे अत्यधिक प्रसन्न हूँ।" यह कहते हुए

उन्होंने अपने दिव्य कुंडल उतारकर आशीर्वाद-स्वरूप विक्रमादित्य को दिए और बोले, "राजन्! ये दिव्य कुंडल तुम्हारे द्वारा प्रकट किए गए किसी भी मनोरथ को तत्काल पूरा करेंगे।"

सूर्यदेव से कुंडल लेकर राजा ने उन्हें साष्टांग प्रणाम किया। उन्हें यशस्वी होने का आशीर्वाद देकर सूर्यदेव ने सारथी को रथ आगे बढ़ाने की आज्ञा दी। उनका रथ आगे बढ़ते ही खंभ स्वत: ही नीचे आने लगा। सूर्यास्त से पूर्व ही खंभ जल की सतह में समा गया और विक्रमादित्य तैरकर मान-सरोवर के किनारे पर आ गए।

5

एक दिन एक ब्राह्मण ने राजा विक्रमादित्य के दरबार में पहुँचकर उनसे कहा कि जो शुभ मुहूर्त उसने निकाला है, यदि उसमें वे एक राजमहल बनवाएँगे तो राशि-नक्षत्रों की गणना के मुताबिक वह आपके लिए अत्यंत सौभाग्यशाली रहेगा और प्रजा सुख-समृद्धि से परिपूर्ण रहेगी, जिससे आपके पराक्रम तथा अन्य गुणों का सर्वत्र यशोगान होगा। ब्राह्मण को यथोचित दान देकर विदा किया गया।

ब्राह्मण की बातों पर विचार करके राजा ने प्रजा की भलाई के लिए महल बनवाने का निश्चय किया। महल के लिए शिप्रा नदी के किनारे पर उपयुक्त स्थान खोजा गया। ब्राह्मण के बताए गए लग्न में विधि-विधान से महल की नींव रखी गई। दूसरे राज्यों से भी बहुत से कुशल एवं अनुभवी कारीगर बुलाए गए, ताकि महल को शीघ्र और अत्यधिक सुंदर बनाया जा सके।

तीस खंड एवं चार दरवाजों वाला सोना-चाँदी, हीरे-जवाहरातों के अतिरिक्त अन्य बहुमूल्य मणि-मुक्ताओं से जड़कर भव्य महल बनाकर तैयार किया गया। महाराजा विक्रमादित्य जब महल का निरीक्षण करने आए तो अपने साथ उस ब्राह्मण को भी लाए, जिसके कहने पर यह महल बनवाया गया था। महल की सुंदरता और भव्यता देखकर बरबस ही ब्राह्मण के मुख से निकल पड़ा, "काश! ऐसा महल मेरे पास होता।"

ब्राह्मण के मुँह से उन शब्दों को निकलने में जितनी देर लगी, विक्रमादित्य को अपनी दानवीरता दिखाने में उतनी भी देर न लगी। उन्होंने तुरंत वह महल उस ब्राह्मण को दान में दे दिया और खुशी-खुशी अपने राजमहल लौट गए।

घर पहुँचकर जब ब्राह्मण ने अपनी पत्नी को राजा के हृदय की विशालता बताई तो वह फूली न समाई और अपना सारा सामान समेटकर राजमहल जाने की तैयारी करने लगी। पत्नी का लालच देख ब्राह्मण को बड़ा झटका लगा। दूसरे दिन वह सारा सामान बैलगाड़ी में लादकर पत्नी को महल में ले गया। उसे वहाँ छोड़कर ब्राह्मण राजमहल जा पहुँचा और विनम्रता के साथ राजा से वह राजमहल वापस लेने के लिए कहा। ब्राह्मण का आग्रह राजा ठुकरा न सके और राजधर्म का पालन करते हुए उन्होंने महल की पूरी लागत के बराबर धन-संपदा देकर ब्राह्मण से वह महल खरीद लिया।

अब राजा का दरबार उसी महल में लगने लगा। एक दिन महाराज नए महल में सो रहे थे। अचानक उनकी आँख खुली तो देखा कि सामने देवी उपस्थित हैं। राजा ने उठकर उन्हें साष्टांग प्रणाम किया। देवी ने वरदान माँगने के लिए कहा तो राजा ने कहा, "हे देवी! आप की कृपा से मेरे पास सबकुछ है। मैं चाहता हूँ कि आप मेरे इस महल के अतिरिक्त पूरे राज्य में धन की वर्षा कर दें।"

'तथास्तु' कहकर देवी अंतर्धान हो गईं।

सवेरा होते ही पूरे राज्य में धन-वर्षा होने की सूचना मिली तो राजा ने कहा कि वह धन प्रजा का है, सारे राज्य में मुनादी करा दी जाए कि प्रत्येक व्यक्ति अपने-अपने हिस्से का ही धन उठाए, दूसरे के धन को कोई हाथ न लगाए। ऐसा ही हुआ। सभी ने राजाज्ञा का सम्मान किया। बिना छीना-झपटी के लोगों ने ईमानदारी एवं प्रेमभाव के साथ देवी के प्रसाद को समेट लिया।

6

एक दिन महाराजा विक्रमादित्य शिप्रा नदी के तट पर बने अपने महल के उपवन में खड़े वहाँ की प्राकृतिक छटा को निहार रहे थे। तभी अचानक उन्होंने देखा कि तीन व्यक्ति, जिनमें एक अधेड़, एक महिला और एक किशोर था, नदी की ओर बढ़े चले जा रहे हैं। उनके शरीर पर फटे-चीथड़ों से उनकी दीन दशा व्यक्त हो रही थी। उन तीनों ने एक-दूसरे का हाथ पकड़कर नदी में छलाँग लगा दी। यह देखकर राजा से रहा न गया और दोनों वेतालों का आह्वान कर उन्हें स्त्री और उसके पुत्र को बचाने का आदेश दिया तथा स्वयं पुरुष को बचाने के लिए नदी में छलाँग लगा दी।

दोनों वेतालों ने स्त्री और उसके पुत्र को जल से निकालकर किनारे पर पहुँचा दिया। काफी कोशिश करके महाराज भी पुरुष को बाहर निकाल लाए। जैसे-तैसे उन तीनों को सामान्य अवस्था में लाने के पश्चात् राजा ने उनसे आत्महत्या का कारण पूछा तो पुरुष ने बताया कि वह उन्हीं के राज्य का एक ब्राह्मण है, जो जन्मजात निर्धन है, वह मजदूरी करता है। पहले तो गुजारा चल जाता था, किंतु अब फाकों में दिन बीत रहे हैं। इसी कारण उसने सपरिवार आत्महत्या की कोशिश की, लेकिन उसमें भी असफल रहा। अतः अब फिर उसे व उसके परिवार को कष्ट में जीवन बिताना पड़ेगा।

विप्रवर की बातें सुनकर राजा ने कहा कि अब उसे व उसके परिवार को कष्टकारी जीवन व्यतीत नहीं करना पड़ेगा। वे उन तीनों को अपना अतिथि बनाकर रखेंगे।

विप्रवर ने राजा से कहा, 'हम लोगों को निर्धनता से जीवन व्यतीत करने की आदत है, इसलिए आपका आतिथ्य सत्कार हमारे लिए कठिन होगा। ऐसा भी हो सकता है कि हमारी आदतों से तंग आकर आप हमें अपने महल से बाहर निकाल दें।' लेकिन राजा ने कहा, "आपकी सेवा और पालन-पोषण के लिए मैं वचनबद्ध हूँ और महल में तुम्हें अपनी मरजी से रहने की पूरी स्वतंत्रता होगी।"

विप्रवर और उसके परिवार को महल में ठहराया गया। विश्वासपात्र नौकरों को उनकी सेवा में रखा गया। विप्रवर का परिवार उन सेवकों को एक पल चैन नहीं लेने देता था। किसी-न-किसी कार्य में उन्हें हर समय लगाए रहते थे वे लोग।

उस स्थान को, जिसमें विप्रवर को परिवार सहित ठहराया गया था, उन्होंने एक प्रकार से नरक बना दिया था। कहीं भी खाना, थूकना, मल-मूत्र त्याग करना, चीजों को इधर-उधर फैलाना उनकी आदत बन गई थी, किंतु सेवकगण बिना कुछ कहे साफ करते रहते थे।

हद तो तब हो गई जब अतिथिशाला से भीषण दुर्गंध उठने लगी। सेवकों के लिए वहाँ एक पल भी ठहरना मुश्किल हो गया तो उन्होंने विनम्रतापूर्वक राजा से इस विषय में निवेदन किया। तब उनके सत्कार को अपना धर्म मानते हुए राजा ने उनकी सेवा का भार स्वयं उठा लिया और उनकी सेवा में जुट गए। विप्रवर के परिवार ने राजा के साथ भी वैसा ही व्यवहार किया, जैसा सेवकों के साथ किया करते थे। एक दिन ऐसा हुआ कि जब राजा विप्रवर के वस्त्रों में लगी विष्ठा साफ कर रहे थे तो एकाएक ही विप्रवर ने अपने पाँव समेट लिये। इस समय उनका मुख कोई दिव्य तेज पुंज सा प्रतीत हो रहा था। अचानक ही उन तीनों का कायापलट हो गया। वे देवलोक के प्राणी दिखाई पड़ रहे थे। उस कमरे से उठने वाली दुर्गंध एकाएक गायब हो गई और दिव्य सुगंध वहाँ चारों ओर पसर गई। गंदगी एवं

विष्ठा के स्थान पर अमूल्य हीरे, जवाहरात आदि के अंबार लगे हुए थे।

तब विप्रवर ने कहा, "राजन्! मैं वरुणदेव हूँ और यहाँ तुम्हारी परीक्षा लेने के लिए आया था। तुम मेरी परीक्षा की कसौटी पर खरे उतरे। तुमने बिना किसी अहंकार या उपकार भाव के आतिथ्य-सत्कार कर मेरा हृदय जीत लिया। मैं तुम्हें वरदान देता हूँ कि तुम्हारे राज्य में कभी अकाल नहीं पड़ेगा। तीन-तीन फसलें तुम्हारे राज्य में लहराकर प्रजा और राज्य दोनों को समृद्ध बनाएँगी।"

वरुणदेव का परिचय जानकर राजा ने उनका अभिवादन किया। राजा को आशीर्वाद देकर वरुणदेव अंतर्धान हो गए।

7

एक बार अपने शयनकक्ष में सोते हुए महाराज विक्रमादित्य के कानों में किसी नारी का करुण रुदन सुनाई पड़ा। जिससे उनकी निद्रा भंग हो गई। कुछ सोचने के पश्चात् अपनी तलवार हाथ में लेकर वे उस आवाज की ओर बढ़ चले। नदी किनारे पहुँचकर उन्हें दूसरे किनारे पर एक युवती रोती हुई दिखाई पड़ी। राजा उसी क्षण नदी में कूद गए और तैरते हुए दूसरे किनारे पर जा पहुँचे। उन्होंने युवती से उसके रोने का कारण पूछा तो उसने बताया कि उसका पति चोर है। इसी कारण नगर कोतवाल ने उसे प्राण निकलने तक पेड़ पर लटकाकर रखने की सजा दी गई है। हे महाप्रभु! मैं अपने पति को भोजन कराने गई थी, किंतु उन्हें अधिक ऊँचाई पर बाँधा गया है, वहाँ तक मेरे हाथ नहीं पहुँचते। कोई अन्य राजदंड के भय से उन्हें भोजन कराने में मेरी मदद करने को तैयार नहीं है। इसी के कारण मैं दुखी होकर रो रही हूँ।"

राजा विक्रमादित्य ने अपना परिचय देते हुए उस स्त्री से वहाँ ले चलने के लिए कहा, जहाँ उसका पति पेड़ पर लटका हुआ था। वहाँ पहुँचकर राजा ने उस स्त्री से कहा कि वह उसके कंधे पर बैठकर अपने पति को भोजन कराए, जिससे न तो राजदंड का नियम भंग होगा और उसकी इच्छा भी पूरी हो जाएगी। फिर क्या था, वह स्त्री राजा के कंधों पर सवार हो गई और उस आदमी तक आराम से पहुँच सकी।

यह कोई साधारण स्त्री नहीं वरन् एक ऐसी पिशाचिनी थी, जिसने किसी राजा के कंधों पर चढ़कर मानव भक्षण करने का प्रण किया हुआ था। आज

उसका प्रण पूरा हो गया। पूरी तरह संतुष्ट होकर वह राजा के कंधों से नीचे उतर आई। राजा के सामने खड़ी होकर उसने राजा को सारी बात बताते हुए उससे कोई वरदान माँगने के लिए कहा, तब अपनी प्रजा को मनोवांछित भोजन देने के लिए राजा ने उससे अन्नपूर्णा पात्र माँगा। पिशाचिनी ने तुरंत राजा को अन्नपूर्णा पात्र दे दिया।

अन्नपूर्णा पात्र लेकर राजा सहर्ष अपने महल की ओर चल दिया। मार्ग में एक ब्राह्मण साधू ने राजा से भोजन की माँग की। राजा ने उसी समय अन्नपूर्णा पात्र से अभीष्ट स्वादिष्ट भोजन माँगकर उस साधू को खिलाया। साधू संतुष्ट होकर जाने लगा तो राजा ने दक्षिणा में उससे कुछ माँगने के लिए कहा। साधू ने उनसे वही अन्नपूर्णा पात्र दक्षिणा में माँग लिया। राजा ने निसंकोच वह पात्र उस साधू को दिया और स्वयं अपने महल की ओर बढ़ गए।

8

एक दिन घने जंगल में शिकार करते हुए राजा विक्रमादित्य रास्ता भटक गए थे, उन्हें वापस लौटने का कोई मार्ग नहीं सूझ रहा था। कुछ दूर चलकर उन्हें एक कुटिया दिखाई पड़ी। वे उस कुटिया में प्रवेश करना चाहते थे, किंतु उससे पूर्व ही एक बँदरिया ने उछल-कूदकर उनका रास्ता रोक लिया, तब विक्रमादित्य ने कुटिया में जाने का विचार त्याग दिया और वहीं किसी वृक्ष के नीचे विश्राम करने लगे।

शाम होने लगी थी। उन्होंने देखा कि एक साधु कुटिया में जा रहा है और बँदरिया भी उनके पीछे-पीछे अंदर चली गई। इस रहस्य को समझने के लिए विक्रमादित्य भी कुटिया के बाहर छिपकर सबकुछ देखने लगे।

उन्होंने देखा कि वहाँ दो घड़े रखे हुए थे, उन्हीं के पास एक स्थान पर साधु ने बँदरिया को बैठाया और एक घड़े से अभिमंत्रित जल निकालकर उस पर छिड़क दिया। जिससे अगले ही पल बँदरिया एक राजकुमारी में बदल गई और साधु की सेवा में जुट गई।

सवेरे उठने के पश्चात् साधु ने दूसरे घड़े से अभिमंत्रित जल छिड़ककर राजकुमारी को फिर से बँदरिया बना दिया और उसे कुटिया से बाहर छोड़कर चला गया।

राजा के मन में राजकुमारी के प्रति दया उमड़ आई और वे उस बँदरिया को अपने साथ कुटिया के अंदर ले गए। उन्होंने उसे एक स्थान पर बैठाया और उसके ऊपर अभिमंत्रित जल छिड़ककर उसे फिर से राजकुमारी बना दिया।

विक्रमादित्य का अभिवादन करके राजकुमारी ने उन्हें बताया कि वह कामदेव व अप्सरा पुष्पावती की पुत्री कामिनी है और उन्हीं की प्रतीक्षा कर रही थी। एक शाप के अनुसार वही उसे इस वानरी योनि से मुक्ति दिला सकते थे और मुनि के आशीर्वाद अनुसार, जब वह मुझे प्रसन्न होकर कोई उपहार दे देंगे तो मैं आपको पति रूप में पा सकूँगी।

विक्रमादित्य ने पूछा कि उसने उन्हें कैसे पहचाना? तो पुष्पावती ने बताया कि मुनि के कथनानुसार इस वन में भटकता हुआ जो प्रथम पुरुष सामने आएगा, वही विक्रमादित्य होगा। राजा ने उसे फिर से बँदरिया बना दिया।

साधू ने आने पर बँदरिया को फिर से उसी प्रकार राजकुमारी बनाया।

राजकुमारी ने संन्यासी को अपनी सेवा से प्रसन्न कर उससे उपहार माँगा। तपस्वी ने एक दिव्यफूल राजकुमारी को दिया। इस फूल से प्रतिदिन एक रत्न निकलता था। तपस्वी की आज्ञा पाकर राजकुमारी और विक्रमादित्य ने विवाह कर लिया।

दोनों वेतालों की सहायता से राजा व राजकुमारी दोनों उज्जैन नगरी पहुँच गए। महल से थोड़ी ही दूरी पर उन्हें एक बच्चा मिला, जो कमल के पुष्प को बड़ी ही ललचाई नजरों से देख रहा था। राजा ने वह फूल, जिसकी विशेषता कामिनी पहले ही राजा को बता चुकी थी, सहर्ष उस बच्चे को दे दिया। राजा और राजकुमारी पति-पत्नी के रूप में सुखपूर्वक जीवन व्यतीत करने लगे।

कुछ दिनों पश्चात् महाराज विक्रमादित्य के दरबार में दीवान द्वारा एक ऐसे व्यक्ति को पेश किया गया, जो कुछ समय पूर्व निर्धन था और अब एकाएक अमूल्य रत्न बेचने लगा था। पूछने पर पता चला कि वह उस बालक का पिता है, जिसे राजा ने फूल दिया था और ये सभी रत्न उसे कमल के फूल से ही प्राप्त हुए। राजा ने सभी रत्न खरीदकर उसे सम्मान सहित वापस भेज दिया।

9

एक ऋषि, जो राज्य के बाहर गुरुकुल चलाते थे, राजा से मिलने आए। अभिवादन करके राजा ने उनके आने का कारण पूछा। ऋषि ने बताया कि कोई दो भयानक राक्षस उनके गुरुकुल के छह अबोध बालकों को उठाकर ले गए। उनका कहना है कि देवी को किसी क्षत्रिय पुरुष की बलि देने पर ही वे उन बालकों को छोड़ेंगे। यदि बालकों को बलपूर्वक छुड़ाने का प्रयास किया गया तो वे उन्हें मार डालेंगे। अत: किसी क्षत्रिय पुरुष के बदले बच्चों को ले जाएँ।

राजा ने ऋषि से कहा कि आप तनिक भी चिंता न करें। मैं अपने प्राणों की बलि देकर उन बच्चों को छुड़ाऊँगा।

राजा की बातों से आश्वस्त होकर ऋषि अपने आश्रम को चले गए। कुछ ही देर बाद राजा भी पहाड़ी पर जा पहुँचे। तभी वहाँ उन दोनों राक्षसों के भयानक अट्टाहस गूँजने लगे, किंतु राजा तनिक भी विचलित नहीं हुआ और उनके पास जा पहुँचा। उन्होंने उन राक्षसों को अपना परिचय दिया और स्वयं को देवी की बलि के लिए प्रस्तुत करते हुए उन राक्षसों से बच्चों को छोड़ने के लिए कहा।

राजा की बात मानकर एक राक्षस उन सभी बच्चों को आश्रम में छोड़ आया और दूसरा उन्हें बलि के स्थान पर ले गया। देवी की प्रतिमा के सामने पहुँचकर जैसे ही राजा ने बलि के लिए सिर झुकाया, उस विकराल राक्षस ने अपना चमचमाता फरसा गरदन काटने के लिए पूरी शक्ति के साथ उठाया। अपनी बलि चढ़ने से पहले राजा विक्रमादित्य ने उसी झुकी अवस्था में मन-ही-मन देवी से अंतिम प्रार्थना की। उसी समय राक्षस ने फरसा एक ओर

फेंक दिया। दूसरे राक्षस ने आगे बढ़कर राजा को उठाया और अपने गले से लगा लिया। तभी दोनों राक्षस देवपुरुषों के रूप में दिखाई देने लगे और बलिस्थल प्रकाशमान हो उठा।

वे दोनों देवता इंद्रदेव और वायुदेव थे, जो विक्रमादित्य की परीक्षा लेने के लिए वहाँ आए थे। देवेंद्र ने कहा, "राजन्! तुम धन्य हो, अबोध बालकों के लिए अपने प्राणों को संकट में डालकर तुम हमारी परीक्षा में खरे उतरे हो। तुम जैसा परोपकारी राजा न कोई हुआ है और न ही होगा।" अगले ही पल राजा विक्रमादित्य पर पुष्पों की वर्षा होने लगी। उन्हें सुख-समृद्धि एवं यशस्वी होने का आशीर्वाद देकर दोनों देवता अपने-अपने लोक को प्रस्थान कर गए।

10

एक बार राजा विक्रमादित्य शिकार खेलने वन में गए। वहाँ उन्होंने एक युवक को देखा, जो फाँसी लगाकर आत्महत्या करने का प्रयास कर रहा था। वहाँ पहुँचकर उन्होंने फाँसी के लिए राजदंड का भय दिखाते हुए उसे रोक दिया।

विक्रम की कड़क आवाज सुनकर वह युवक समझ गया कि यह अवश्य ही कोई राजा है। इसलिए भर्राए हुए गले से वह बोला, "राजन्! जीना मैं भी चाहता हूँ, किंतु क्या करूँ, जिस स्थिति में मैं हूँ, ऐसे में मेरे सामने आत्महत्या के अतिरिक्त और कोई रास्ता नहीं है।"

राजा के पूछने पर युवक ने बताया कि वह कालिंजर निवासी वसु है और एक ऐसी युवती से प्रेम करता है, जिसका जन्म तो राजपरिवार में हुआ, किंतु अपने माता-पिता और राज्य के लिए कष्टकारी होने के कारण उसका पालन-पोषण एक योगी ने किया। जिसने उसके विवाह के संदर्भ में शर्त रखी है कि जो कोई खौलते तेल के पात्र में कूदकर सकुशल बाहर निकल आएगा, उसी के साथ वह युवती का विवाह करेगा। विवाह की लालसा लेकर वह भी आश्रम में गया था, किंतु वहाँ उपस्थित खौलते तेल से जले-भुने युवकों के अस्थि-पंजर देखकर उसके साहस ने जवाब दे दिया और मैं वापस आ गया। अब समस्या यह है कि मैं उस यौवना को भुला नहीं पा रहा हूँ और इसीलिए आत्महत्या करना चाहता हूँ।

महाराज विक्रमादित्य ने वसु को समझाया कि वह उसका विवाह अपने राज्य की सबसे सुंदर कन्या से करा देंगे, लेकिन युवक राजी नहीं हुआ।

किसी भी तरह बात न बनते देख राजा ने वसु को वचन दे दिया कि वह उसका विवाह उसी यौवना से कराएँगे। तभी राजा ने दोनों वेतालों का आह्वान किया और उस योगी के पास जा पहुँचे। उन्होंने कहा कि मैं खौलते तेल में कूदकर उसकी शर्त को पूरा करूँगा, किंतु ये सब मैं किसी अन्य के लिए करूँगा, अत: राजकुमारी का विवाह उसके साथ करा दिया जाए।

योगी ने उनकी बात को स्वीकार कर लिया।

राजा के कहने पर योगी ने खौलते तेल की व्यवस्था की। राजा ने माँ काली को स्मरण करते हुए उसके नाम का जयकारा लगाया और खौलते तेल की कड़ाई में कूद पड़ा। तेल में कूदते ही राजा का शरीर बुरी तरह जल-भुन गया। जब उसको बाहर निकाला गया तो वह निर्जीव हो चुके थे।

देवी काली राजा विक्रमादित्य पर प्रसन्न थी, क्योंकि उसने परोपकार के लिए उसका नाम लेकर अपने प्राण गँवाए थे। इसलिए उसने दोनों वेतालों को विक्रमादित्य को पुन: जीवित करने का आदेश दिया। उसी क्षण वेतालों ने राजा के मुँह में अमृत की बूँदें टपकाईं, जिससे राजा पुन: जीवित हो उठा और माँ काली के जयकारे लगाने लगा। यह देख सभी आश्चर्य में पड़ गए। अब शर्त के मुताबिक योगी को राजकुमारी का विवाह वसु के साथ करना था। जिसके लिए उसने राजकुमारी के माता-पिता को संदेश भिजवाया। बहुत धूमधाम के साथ राजकुमारी और वसु का विवाह संपन्न हुआ। विवाह में भेंट-स्वरूप वसु को आधा राज-पाट भी मिला।

11

एक बार जनकल्याण के उद्देश्य से महाराजा विक्रमादित्य ने महायज्ञ का आयोजन करने का संकल्प किया। इस यज्ञ में उन्होंने पवनदेव और समुद्रदेव को भी आमंत्रित करना चाहा। महायज्ञ के शुभ मुहूर्त में अधिक समय नहीं था, इसी कारण वे दोनों देवताओं को स्वयं जाकर आमंत्रित नहीं कर सकते थे। अत: समुद्रदेव को आमंत्रित करने के लिए उन्होंने एक ब्राह्मण को भेजा और पवनदेव को स्वयं आमंत्रित करने का निश्चय किया। पवनदेव को आमंत्रित करने के लिए उन्हें सुमेरू पर्वत पर जाना था। समय की कमी को देखते हुए वहाँ पहुँचने के लिए विक्रमादित्य ने काली माँ के दोनों वेतालों का आह्वान किया।

क्षण भर में ही वेताल वहाँ उपस्थित हो गए और राजा की इच्छा जानकर उन्हें आकाश मार्ग से सुमेरू पर्वत पर पहुँचा दिया।

पवनदेव का अभिवादन करके उन्होंने अपने महायज्ञ के विषय में बताते हुए पवन को उसमें आमंत्रित किया।

पवनदेव ने कहा कि वे जहाँ कहीं भी सशरीर जाते हैं, वहाँ भीषण तबाही मच जाती है। इसलिए वे अपने आस-पास मौजूद जीवन के चिह्नों को ही उनकी उपस्थिति का प्रमाण समझें और जनकल्याण हेतु अपनी जिद त्याग दें। अपने आशीर्वाद स्वरूप पवनदेव ने राजा विक्रमादित्य को कामधेनु गाय दी और कहा कि उनके राज्य में सदैव सुख-समृद्धि रहेगी और दूध-दही की कमी कभी किसी को न होगी। आशीर्वाद देकर पवनदेव चले गए।

कामधेनु को पाकर राजा बहुत प्रसन्न हुए और फिर वापस उज्जैन लौटने

के लिए उन्होंने दोनों वेतालों का आह्वान किया। दोनों वेताल तुरंत उपस्थित हुए और राजा के कहने पर कामधेनु सहित उन्हें उनकी मंजिल पर पहुँचा दिया।

उधर समुद्रदेव को आमंत्रित करने के लिए ब्राह्मण समुद्र तट पर पहुँचा और ध्यानमग्न होकर समुद्रदेव का आह्वान करने लगा। स्वयं को महाराज विक्रमादित्य का दूत बताते हुए ब्राह्मण ने महायज्ञ के लिए ससम्मान समुद्रदेव को आमंत्रित किया। ब्राह्मण ने उनसे निमंत्रण स्वीकार करने की प्रार्थना की।

समुद्रदेव ने कहा, "हे ब्राह्मण देव! मुझे महाराज विक्रमादित्य का निमंत्रण सहर्ष स्वीकार है, किंतु यदि मैं वहाँ जाऊँगा तो मेरे साथ यह विशाल जलराशि भी वहाँ जाएगी, जिसका अर्थ है–निर्दोष जनता के जीवन को संकट में डालना। इसलिए राजा से कहिएगा कि मेरी समस्त शुभकामनाएँ उनके साथ हैं। यज्ञ–स्थल में मौजूद जल के प्रत्येक कण में मेरा वास रहेगा, अतः वे मुझे वहाँ उपस्थित ही जानें।" इतना कहकर समुद्रदेव ने ब्राह्मण को पाँच बहुमूल्य रत्न और एक समुद्री घोड़ा दिया।

कुछ ही समय पश्चात् ब्राह्मण घोड़े और अमूल्य रत्नों सहित विक्रमादित्य के सामने था। उसने समुद्रदेव की कही सारी बातें राजा को बताते हुए उपहार की दोनों वस्तुएँ उन्हें सौंप दीं।

ब्राह्मण के कार्य से प्रसन्न होकर राजा ने वे दोनों वस्तुएँ उसे ही दान में दे दीं।

12

एक दिन राजा विक्रमादित्य शिकार खेलने जंगल में गए। वहाँ उन्होंने एक स्त्री को रोते और भागते हुए देखा, जिसके पीछे एक भयानक राक्षस पड़ा था। विक्रमादित्य ने उस राक्षस को ललकारा।

विक्रमादित्य की ललकार सुनकर राक्षस ने भयानक अट्टाहस किया और उनकी ओर झपटा। विक्रमादित्य सचेत थे, अतः उसके वार को सँभाल लिया और दोनों में द्वंद्व युद्ध होने लगा। कुछ देर पश्चात् मौका देखकर उन्होंने राक्षस के ऊपर अपनी तलवार से एक भरपूर वार किया, जिससे उसकी गरदन धड़ से अलग हो गई। राजा ने चैन की साँस भी नहीं ली थी कि कटी हुई गरदन फिर से राक्षस के धड़ से आ जुड़ी। इतना ही नहीं, जमीन पर गिरे उसके खून से एक अन्य राक्षस भी उत्पन्न हो गया।

महाराज विक्रमादित्य एक साथ दोनों राक्षसों से युद्ध करने लगे। दूसरे राक्षस को दबोचकर उन्होंने उसके शरीर के सभी अंग काट डाले। बड़ी ही दर्दनाक चीखों के साथ उसका अंत हो गया। अपने साथी की दुर्दशा देख दूसरा राक्षस मैदान छोड़कर भाग निकला।

फिर उस युवती के पास पहुँचकर अपना परिचय देते हुए महाराजा विक्रमादित्य ने उससे उसके और उस राक्षस के विषय में पूछा तो युवती ने बताया कि वह सिंहल द्वीप के एक ब्राह्मण की पुत्री है। एक दिन वह अपनी सखियों के साथ तालाब में स्नान कर रही थी, तभी इस राक्षस ने जल में छिपकर उसका अपहरण कर लिया और वन में लाकर उसे जबरदस्ती विवाह के लिए

धमकाने लगा, लेकिन मैं इस राक्षस से विवाह नहीं करना चाहती। राजा ने जब राक्षस के विषय में पूछा तो उसने बताया कि राक्षस के पेट में एक मोहिनी है, जो राक्षस के मरने पर उसके ऊपर अमृत छिड़ककर उसे जीवित कर देती है और इस राक्षस का रक्त जमीन पर गिरते ही उससे दूसरा राक्षस पैदा हो जाता है। इससे अधिक मैं उस राक्षस के विषय में कुछ नहीं जानती।

अभी कुछ देर बीती ही थी कि एक शेर दहाड़ता हुआ वहाँ आ पहुँचा और राजा के ऊपर झपटा। राजा ने अपने आपको बहुत बचाया, किंतु फिर भी उसकी बाँहें जख्मी हो गईं। राजा ने हिम्मत नहीं हारी और शेर से मुकाबला किया। उन्होंने शेर को पैरों से पकड़कर दूर हवा में उछाल दिया। हवा में ही वह शेर राक्षस के रूप में परिवर्तित हो गया और राजा के सामने आ डटा। राजा उसके रहस्य को जान चुका था, इसलिए इस बार उसने तलवार से उसका पेट फाड़ डाला। पेट फटते ही वहाँ से मोहिनी निकली और राक्षस के लिए अमृत लाने के लिए दौड़ी, किंतु तभी राजा के बुलाने पर माँ काली के दोनों वेताल वहाँ आ गए और उन्होंने मोहिनी को पकड़ लिया, अमृत न मिल पाने के कारण वहीं उस राक्षस के प्राण पखेरू उड़ गए।

राजा के पूछने पर मोहिनी ने बताया कि वह भगवान् शंकर की गणिका थी। एक बार क्रोधित होकर उन्होंने उसे मोहिनी बना दिया और राक्षस को दे दिया। हे राजन्! आपने इस राक्षस को मार डाला है, अतः आज से मैं आपकी सेवा में रहूँगी।

राजा मोहिनी को अपने राज्य में ले आए और उससे विवाह कर लिया। ब्राह्मण कन्या को ससम्मान उसके परिवार को सौंप दिया।

13

एक दिन राजा विक्रमादित्य के पास ब्राह्मण आकर बोला, "महाराज! क्षमा करें, आप अवश्य ही बड़े दानवीर है, परंतु समुद्र पार एक और राजा है, जिसकी चर्चा आपसे भी अधिक दानवीर के रूप में की जा रही है।"

राजा विक्रमादित्य ने उस दानवीर के विषय में जानना चाहा तो ब्राह्मण ने बताया कि समुद्र पार कीर्तिध्वज नामक राजा का राज्य है। यही वह महादानी राजा है। ब्राह्मण की बात से विक्रमादित्य बहुत प्रभावित हुए। उन्होंने बहुत सा पुरस्कार देकर ब्राह्मण को विदा किया।

दिन-प्रतिदिन विक्रमादित्य के मन में कीर्तिध्वज से मिलने की इच्छा प्रबल होती जा रही थी। एक दिन उन्होंने साधारण नागरिक का वेश बनाया और राज्य की सीमा पर जा पहुँचे। उन्होंने वेतालों का स्मरण किया और उन्हें समुद्र पार पहुँचाने का आदेश दिया। कुछ ही देर बाद विक्रमादित्य ने स्वयं को राजा कीर्तिध्वज के महल के पास पाया। वेताल अंतर्धान हो गए।

राजा विक्रमादित्य सामान्य नागरिक की हैसियत से कीर्तिध्वज के दरबार में पहुँचे। राजा का अभिवादन करके बोले कि कोई भी कार्य, जिसे करने से अन्य लोग बचना चाहते हैं, मैं निसंकोच करने को तत्पर हूँ।

विक्रमादित्य को राजा कीर्तिध्वज के यहाँ द्वारपाल की नौकरी मिल गई। विक्रमादित्य ने देखा कि उस ब्राह्मण का कहा एक-एक वचन सत्य था। राजा कीर्तिध्वज रोज शाम को कहीं अकेला जाता था और एक लाख स्वर्ण मुद्राएँ लेकर लौटता था। कई दिनों तक इस बात को देखते रहने के पश्चात् एक रोज

विक्रमादित्य ने उनका पीछा किया। उन्होंने देखा कि कीर्तिध्वज समुद्र किनारे स्थित एक मंदिर में गया। मंदिर में देवी की एक प्रतिमा थी, जिसके आगे एक कड़ाह में तेल खौल रहा था। वहाँ पहुँचकर राजा ने पहले समुद्र में स्नान किया और फिर पूजन-अर्चन करने के पश्चात् खौलते तेल के कड़ाह में कूद गया। तेल में कूदते ही उसका शरीर जल-भुन गया। तभी कुछ योगनियों ने वहाँ आकर उस मृत शरीर को कड़ाह से निकाला और बड़े चाव से खाया। योगनियों के जाने के पश्चात् वहाँ देवी प्रकट हुई और उसने कीर्तिध्वज के मुख में अमृत टपकाकर उसे पुनः जीवित कर दिया। देवी की कमर में एक थैली लटकी थी, जिसमें से उसने एक लाख स्वर्ण मुद्राएँ निकालकर राजा कीर्तिध्वज की झोली में डाल दीं। कीर्तिध्वज ने देवी को साष्टांग प्रणाम किया और अपने महल में लौट आया।

राजा विक्रमादित्य ने कई दिनों तक इसी प्रकार छिपकर यह सब देखा। एक दिन कीर्तिध्वज के लौट जाने के पश्चात् विक्रमादित्य ने भी कीर्तिध्वज की भाँति देवी को प्रसन्न किया। देवी ने प्रसन्न होकर उसे दर्शन दिए। जब देवी ने उसे एक लाख स्वर्ण मुद्राएँ देनी चाहीं तो उसने कहा, "हे देवी! मुझे कुछ और चाहिए।" ऐसा कहकर उसने एक के बाद एक करके सात बार खौलते तेल में छलाँग लगाई और देवी ने उसे हर बार जीवित कर दिया। आठवीं बार जब राजा विक्रमादित्य ने तेल के कड़ाह में कूदना चाहा तो उसे रोककर देवी ने कहा, "मैं तुम पर प्रसन्न हूँ राजन्! कहो क्या माँगना चाहते हो?" तब राजा विक्रमादित्य ने देवी से उनकी कमर में बँधी थैली माँग ली। देवी ने प्रसन्न होकर वह थैली विक्रमादित्य को सौंप दी और उसी क्षण मंदिर समेत गायब हो गई। विक्रमादित्य थैली लेकर वापस द्वारपाल के स्थान पर आकर खड़े हो गए।

अगले दिन जब कीर्तिध्वज समुद्र तट पर पहुँचे तो मंदिर और प्रतिमा को

वहाँ न पाकर निराश हो गए। दुखी मन से वे अपने महल लौट आए और एक लाख स्वर्ण मुद्राएँ दान करने का अपना नियम टूटने के कारण अन्न-जल भी ग्रहण नहीं किया। जब इसी प्रकार कई दिन बीत गए तो विक्रमादित्य से उनकी दशा देखी न गई। उन्होंने कीर्तिध्वज को वह थैली सौंप दी और अपने वास्तविक रूप में आ गए। कीर्तिध्वज ने गद्‌गद होकर उन्हें गले से लगा लिया। कीर्तिध्वज के पूछने पर विक्रमादित्य ने कहा, "राजन्! मैंने नौकरी माँगते समय आपसे कहा था कि मैं वह कार्य करता हूँ, जिसे कोई दूसरा न कर सके। आपको इस प्रकार प्रतिदिन कष्ट सहते मुझसे देखा न गया और मैंने देवी को प्रसन्न कर उनसे यह थैली माँगकर अपनी वह प्रतिज्ञा पूरी कर ली।"

14

एक दिन शिकार से लौटते हुए राजा विक्रमादित्य के घोड़े पर एक सिंह ने हमला बोल दिया। राजा तो बच गए, परंतु उनका घोड़ा बुरी तरह जख्मी हो गया और कुछ ही समय पश्चात् उसके प्राण निकल गए।

घोड़े की ऐसी मृत्यु देखकर राजा विक्रमादित्य बहुत दुखी हुए। वे नदी किनारे जाकर एक पेड़ के नीचे विश्राम करने लगे। तभी कुछ शोर सुनकर उनकी आँख खुल गई। राजा ने देखा कि नदी में दो लोग लड़ रहे थे। दोनों का झगड़ा नदी में तैरते किसी मानव-शव के लिए था। उन दोनों में एक कापालिक था और दूसरा वेताल। दोनों ही उस शव को पाना चाहते थे। कापालिक को यंत्र साधना के लिए वह शव चाहिए था, जबकि वेताल उसे खाकर अपनी भूख शांत करना चाहता था। बहुत देर तक दोनों यूँ ही लड़ते रहे। तभी उनकी दृष्टि राजा विक्रमादित्य पर पड़ी। अपना न्याय उनसे करवाने के लिए एकमत होकर दोनों उनके पास जा पहुँचे और अभिवादन करके उन्हें अपनी-अपनी समस्या बताई।

राजा ने उनसे कहा कि वह उनका न्याय शुल्क लेकर ही करेंगे। तब कापालिक ने उन्हें एक चामत्कारिक बटुआ दिया, जो प्रत्येक मनोरथ को पूर्ण करनेवाला था। वेताल ने शुल्क के रूप में राजा को मोहिनी काठ का एक टुकड़ा दिया, जिसे पीसकर तिलक करनेवाला व्यक्ति अदृश्य हो जाएगा।

चूँकि कापालिक को यंत्र-साधना करने के लिए शव की आवश्यकता थी, इसलिए राजा ने यह शव उसे दे दिया। वेताल को अपनी भूख शांत करनी थी, इसलिए राजा ने उसे अपना मृत घोड़ा खाने का अधिकार दे दिया। इस प्रकार वे

दोनों संतुष्ट होकर वहाँ से चले गए।

राजा को बहुत जोरों की भूख लगी थी। उन्होंने चामत्कारिक बटुए से स्वादिष्ट भोजन माँगा और उसे खाकर अपनी भूख शांत की। फिर मोहिनी काठ के टुकड़े को घिसकर उससे अपने ललाट पर तिलक लगाया, जिससे वे अदृश्य हो गए। रात आराम के साथ गुजर गई।

दूसरे दिन सवेरे ही महाराज विक्रमादित्य दोनों वेतालों की सहायता से अपने राज्य की सीमा के पास जा पहुँचे। वहाँ एक भिखारी ने उनसे भोजन के लिए याचना की। राजा ने उसे वह चमत्कारी बटुआ दे दिया और उसके सारे गुण बतला दिए। फिर राजा अपने महल की ओर चल दिए।

15

महाराजा विक्रमादित्य के राज्य में एक बहुत बड़ा सेठ रहता था। उसका नाम पन्नालाल था। सेठ पन्नालाल के एक बेटा भी था, जिसका नाम हीरा था। हीरा जब विवाह योग्य हुआ तो सेठ पन्नालाल ने उसका विवाह समुद्र पार एक द्वीप में कर दिया।

विवाह की लगभग सभी तैयारियाँ पूरी हो चुकी थीं। तिथि भी नजदीक आ चुकी थी, किंतु अचानक ही मूसलधार वर्षा ने सबके होश उड़ा दिए। नदी-नाले पूरे उफान पर थे, जिससे द्वीप तक पहुँचने के सभी रास्ते बंद हो गए। विवाह की तिथि रखते वक्त किसी ने भी ध्यान नहीं किया कि तिथि वर्षाकाल में पड़ रही है, अन्यथा पहले या बाद की तिथि रखी जा सकती थी।

समस्या की विकटता को समझते हुए पन्नालाल ने महाराज के दरबार में उपस्थित होकर सहायता माँगने का निश्चय किया। पन्नालाल महाराज के दरबार में उपस्थित हुआ। राजा का अभिवादन करके उन्हें अपनी समस्या से अवगत कराते हुए पन्नालाल ने उनसे उनकी अश्वशाला से ऐसे तीव्रगामी रथ व घोड़े देने की प्रार्थना की, जिससे आठ-दस लोग विवाह कार्य संपन्न कराने हेतु जा सकें।

राजा विक्रमादित्य ने सहर्ष उनकी मदद करना स्वीकार किया और पवन वेग से चलने वाले रथ तथा घोड़ों के साथ राजा ने सेठ को अपनी शुभकामनाएँ भीं दीं। सेठ ने राजा को धन्यवाद दिया। राजा द्वारा दिया गया रथ किसी देवता के रथ के समान लग रहा था।

बारात जाने की तैयारियाँ होने लगीं। इस बारात को मार्ग में किसी संकट का सामना न करना पड़ जाए। ऐसा सोचते हुए महाराज विक्रमादित्य ने दोनों

वेतालों को बुलाकर अदृश्य रूप से बारात के साथ जाने को कहा। उन्होंने बारात की वापसी तक का दायित्व वेतालों को सौंप दिया।

सेठ पन्नालाल के राजमहल से रथ के साथ आए सारथि से रथ हाँकने का निवेदन करते ही रथ पवन वेग से दौड़ने लगा। आधी दूरी कब तय हो गई, पता ही नहीं चला। लेकिन अगले ही पल रथ पर सवार लोगों के चेहरों पर निराशा झलकने लगी, क्योंकि आगे का मार्ग जल के कारण अवरुद्ध हो चुका था।

सारथि द्वारा घोड़ों की लगाम खींचते ही रथ घोड़ों सहित हवा में उड़ता सा प्रतीत हुआ और आगे बढ़ने लगा। इस चमत्कार को कोई भी समझ नहीं पाया, क्योंकि राजा के आदेश पर बारात के साथ आए दोनों वेतालों ने रथ को ऊपर उठा लिया था।

कुछ देर में रथ बारात-स्थल पर जा पहुँचा। बारात के स्वागत के लिए खड़े लोगों ने जब रथ को समुद्र की लहरों पर उड़कर आते हुए देखा तो उनके आश्चर्य का ठिकाना न रहा।

विधि-विधान से विवाह-संस्कार संपन्न कराकर पन्नालाल वर-वधू के साथ उज्जैन लौटा तो सबसे पहले महाराज विक्रमादित्य के दरबार में उपस्थित हुआ। वहाँ पहुँचकर सबने राजा का अभिवादन किया। राजा ने वर-वधू को आशीर्वाद दिया।

सेठ पन्नालाल ने मुक्त कंठ से घोड़ों की प्रशंसा की और बार-बार राजा को धन्यवाद दिया तथा उनकी उदारता का गुणगान किया।

सेठ पन्नालाल की विनम्रता और श्रद्धा भाव को देखकर राजा बहुत खुश हुए। पवन वेग से चलने वाला वह रथ और घोड़े राजा ने सेठ को उपहार-स्वरूप दे दिए। उस रथ को पाकर पन्नालाल बहुत खुश हुआ और राजा की जय-जयकार करते हुए अपने पुत्र व पुत्रवधू सहित हवेली लौट आया।

16

एक बार कुछ विद्वानों से राजा विक्रमादित्य को पता चला कि पाताल लोक में भगवान् विष्णु के सेवक शेषनाग बड़ी ही विलासितापूर्वक रहते हैं। उन विद्वानों की बात सुनकर राजा के मन में शेषनाग के दर्शनों की अभिलाषा जाग उठी और वेतालों की सहायता से वे पाताल लोक जा पहुँचे। वहाँ जब उन्होंने शेषनाग का महल हीरे-जवाहरातों से जड़ा और पाताल लोक की अद्‌भुत शोभा देखी तो अवाक् रह गए।

भगवान् शेषनाग को जब पता चला कि पृथ्वीलोक से कोई मानव सशरीर उनके लोक में आया है तो उन्हें आश्चर्य हुआ। वे स्वयं उस मनुष्य से मिलने के लिए गए। शेषनाग को अपने सामने देखकर महाराज विक्रमादित्य ने सम्मानपूर्वक उनका अभिवादन किया और बोले, "हे प्रभु! आपके दर्शन करके मैं धन्य हो गया।"

राजा की विनम्रता ने शेषनाग का मन मोह लिया। सदा सुखी रहने का आशीर्वाद देकर शेषनाग ने उनका परिचय पूछा। अपना परिचय देते हुए विक्रमादित्य बोले, "हे भगवन्! अपने दरबार में मैंने आपके सुख-वैभव की प्रशंसा सुनी तो मेरा मन आपके दर्शनों को लालायित हो उठा।"

नागराज ने विक्रमादित्य को सम्मानपूर्वक अपने राजमहल में बिठाया और स्वादिष्ट भोजन करवाया। कुछ दिन राजा विक्रमादित्य वहीं ठहरे और फिर शेषनाग से विदाई की आज्ञा माँगी। शेषनाग ने महाराज विक्रमादित्य को चार रंगों के चार दिव्य रत्न दिए, जो अनेक विशेषताओं से परिपूर्ण थे।

रत्न ग्रहण कर राजा ने शेषनाग का आभार व्यक्त किया और फिर वेतालों की सहायता से अपने राज्य की सीमा में आ पहुँचे।

राजमहल की ओर बढ़े तो मार्ग में उन्हें एक कर्मकांडी, वेदपाठी ब्राह्मण मिला, जो उन्हीं के राज्य का था। राजा का अभिवादन करके ब्राह्मण ने कहा कि अवश्य ही उन्हें कोई दिव्य वस्तु या अनुभव प्राप्त हुआ है। ऐसा उनके मुख पर उभरते तेज से प्रतीत हो रहा है।

ब्राह्मण की बात पर सहमति दरशाते हुए राजा ने उसे सारी बात बता दी। उन्होंने ब्राह्मण को नागराज से मिले दिव्य रत्न दिखाते हुए उनकी उपयोगिता बताई। जिन्हें देखकर ब्राह्मण के मन में मोह उत्पन्न हो गया। उसकी मनःस्थिति को समझते हुए राजा ने उससे कोई सा भी रत्न लेने के लिए कहा। सभी रत्न एक से बढ़कर एक थे, अतः ब्राह्मण दुविधा में पड़ गया। तब उसकी दुविधा को दूर करते हुए राजा ने उसे वे चारों रत्न दान-स्वरूप दे दिए।

17

महाराजा विक्रमादित्य के राज्य में प्रजा को किसी प्रकार का कोई कष्ट न था, लेकिन फिर भी वे रात्रि के समय वेश बदलकर प्रजा के सुख-दुख जानने के लिए राज्य में घूमा करते थे। एक रात उन्होंने एक ब्राह्मण तथा उसकी पत्नी को अपने विषय में बातें करते सुना। राजा ने जिज्ञासावश ब्राह्मण से सारी बातें जानने की कोशिश की। तब ब्राह्मण बोला, "रात्रि में स्वप्न में देवी ने उससे कहा कि पूरब दिशा में यहाँ से 30 कोस दूर सघन वन में कुछ साधक भगवान् शिव का पूजन-हवन कर रहे हैं। वे उस हवनकुंड में अपने शरीर के अंग काट-काटकर डाल रहे हैं, ऐसा करने से एक दिन वे भगवान् शिव का आशीर्वाद प्राप्त करेंगे।" ब्राह्मण पत्नी ने कहा, "यदि महाराज विक्रमादित्य भी उस हवनकुंड में अपने अंगों को काटकर चढ़ाएँगे तो निश्चय ही भगवान् शिव के आशीर्वाद से हमें पुत्र की प्राप्ति होगी।"

राजा ने जब सुना कि वे लोग निःसंतान हैं तो उनका दुःख दूर करने का वचन देकर वे वहाँ से चले आए। कुछ दूर जाने के पश्चात् राजा ने वेतालों को पुकारा और उनसे उन्हें उस साधना स्थल तक पहुँचाने के लिए कहा। कुछ ही पलों में वेतालों ने राजा को वहाँ पहुँचा दिया और अंतर्धान हो गए।

कुछ देर तक वहाँ खड़े रहकर राजा ने वहाँ चल रहे क्रियाकलाप को देखा, फिर स्वयं भी अन्य तपस्वियों के साथ साधना में लीन हो गए। अन्य साधकों की तरह राजा ने भी अपने शरीर के अंग काट-काटकर हवनकुंड में चढ़ा दिए। कुछ समय पश्चात् भगवान् शिव ने वहाँ साक्षात् प्रकट होकर राजा

सहित सभी तपस्वियों पर अमृत की बूँदें छिड़कीं, जिससे वे सभी जीवित हो उठे। एक-एक कर सभी ने अपना मनोवांछित वरदान भगवान् शंकर से माँगा, जो उन्हें मिल गया। जब राजा की बारी आई तो उन्होंने ब्राह्मण दंपती के लिए संतान का वर माँगा। राजा की परोपकारिता से प्रसन्न होकर भगवान् शिव ने दो कमल पुष्प उन्हें दिए। इनमें से एक ब्राह्मण परिवार के लिए था और दूसरा राजा के लिए। भगवान् शिव ने कहा कि ये फूल जिसके यहाँ भी रहेंगे, उसकी गोद कभी सूनी न रहेगी, साथ ही वहाँ धन-धान्य का कभी अभाव न होगा।

भगवान् शिव से दोनों फूल लेकर राजा ने उन्हें साष्टांग प्रणाम किया। शिवजी अंतर्धान हो गए। राजा ने दोनों वेतालों को बुलाया और उनके सहयोग से ब्राह्मण के पास लौट आए। राजा को मंजिल तक पहुँचाकर वेताल भी अंतर्धान हो गए। ब्राह्मण के घर पहुँचकर राजा ने उन्हें वह कमल का फूल दिया और उनके वरदान के विषय में भी बताया। ब्राह्मण दंपती राजा की जय-जयकार करते नहीं थक रहे थे।

18

एक दिन राजा विक्रमादित्य के दरबार में एक विद्वान् ने एक कथा सुनाते हुए कहा—प्राचीन काल में एक राजा था, जिसकी आयु सत्तर वर्ष की थी। उसने इस आयु में एक सुंदर युवती से विवाह रचा लिया और प्रेमवश उसे दरबार में भी अपने साथ लाने लगा। यह देखकर दरबारी उसका उपहास करने लगे।

राजा का उपहास होते देख महामंत्री ने राजा को समझाते हुए कहा कि वह रानी को अपने साथ दरबार में न लाएँ। यदि उन्हें रानी से इतना ही प्रेम है तो उनका सुंदर चित्र बनवाकर दरबार में लगा लें। राजा को यह सुझाव पसंद आ गया।

राजा की आज्ञा पर महामंत्री ने एक अनुभवी चित्रकार से छोटी रानी का चित्र बनवा दिया और उसे दरबार में टँगवा दिया। चित्र बहुत ही सुंदर था। राजा बड़े ही मनोहारी तरीके से चित्र का निरीक्षण कर रहे थे कि अचानक उनकी दृष्टि चित्र में रानी की जंघा पर बने तिल पर पड़ी। जिसे देखते ही राजा क्रोध से आग-बबूला हो उठा। तुरंत चित्रकार को बुलाया गया। चित्रकार को कैसे पता चला कि रानी की जंघा पर तिल है। राजा द्वारा यह पूछे जाने पर चित्रकार ने कहा कि अपने विलक्षण ज्ञान से वह कपड़ों से ढके अंगों को भी जान लेता है। इसी कारण से उसने इस तिल को जान लिया और चित्र पर उकेर दिया।

राजा को चित्रकार की बातों पर जरा भी विश्वास न हुआ। उसने जल्लादों को उसकी दोनों आँखें निकालकर लाने का आदेश दिया।

राजा की आज्ञा का पालन करने के लिए चित्रकार को जंगल ले जाया गया। तभी महामंत्री भी वहाँ पहुँच गया और जल्लादों को कुछ स्वर्ण मुद्राएँ देकर उसने चित्रकार को बचा लिया। जल्लादों ने एक हिरण की आँखें ले जाकर राजा

को दिखा दीं। महामंत्री चित्रकार को बहुत पहले से जानता था, इसलिए उस पर विश्वास था। उसने चित्रकार को गुप्त स्थान पर छिपा दिया।

कुछ दिनों के बाद राजा का एक पुत्र शिकार खेलने वन में गया। अपनी बहादुरी दिखाने के चक्कर में वह सैनिकों से बिछुड़ गया। अचानक उसने देखा कि गुर्राता हुआ एक शेर उसकी ओर बढ़ा चला आ रहा है। शेर को देखकर वह डर गया और आत्मरक्षा हेतु एक ऊँचे वृक्ष पर चढ़ गया।

पेड़ पर पहले से ही एक भालू को बैठे देख उसका कलेजा मुँह को आ गया, किंतु भालू ने कहा कि वह उसे कोई नुकसान नहीं पहुँचाएगा और उससे भी ऐसा ही वचन माँगा। राजा का पुत्र और भालू दोनों ही शेर के डर से पेड़ पर चढ़े थे। इस स्थिति को समझते हुए उसने वचन दे दिया। दोनों उसी पेड़ पर बैठे रहे। किसी को भी नीचे न उतरते देख शेर ने भालू को बहकाते हुए उससे राजा के पुत्र को पेड़ से नीचे गिरा देने के लिए कहा, किंतु भालू ने साफ शब्दों में इनकार कर दिया।

रात हो चली थी। निद्रादेवी राजकुमार की आँखों में वास करने के लिए उतावली हो रही थी। यह देखकर भालू ने उससे कहा कि उसकी वाली घनी डाली पर आकर आधी रात तक सो ले, फिर आधी रात राजकुमार जागता रहेगा और भालू सो लेगा। इस बात पर राजकुमार सहमत हो गया, दोनों ने डाली बदल ली।

आधी रात बीतने पर राजकुमार की जागने की बारी आ गई। भालू सो गया। तब एक बार फिर शेर ने अपना दिमाग चलाया और राजकुमार से भालू को नीचे गिराने के लिए कहा कि भालू को खाकर वह चला जाएगा और उसकी जान बच जाएगी। राजकुमार शेर की बातों में आ गया। जैसे ही उसने भालू को गिराना चाहा, उसकी आँख खुल गई। भालू ने पेड़ की डाली को पकड़कर अपनी जान बचा ली, किंतु राजकुमार का यह विश्वासघात उससे सहन नहीं हो सका और उसे भला-बुरा कहने लगा। राजकुमार उसी समय अपने सुनने और बोलने की

शक्ति खो बैठा। अपनी ओर से भालू ने उसे कोई नुकसान नहीं पहुँचाया।

सवेरा होने पर राजकुमार की खोज में सैनिक उधर आ निकले। उन्हें देखकर शेर भाग खड़ा हुआ। राजकुमार का हाल जस-का-तस था।

अपने पुत्र की ऐसी हालत राजा से देखी न गई। दूर-दूर से वैद्य बुलाए गए, किंतु किसी को सफलता न मिली।

एक दिन महामंत्री उसी चित्रकार से मिलने गए और उसे सारी बात बताई। चित्रकार ने कहा कि वह राजकुमार को ठीक कर सकता है। अगले दिन महामंत्री के सहयोग से वेश बदलकर वह दरबार में जा पहुँचा। राजकुमार को देखते ही अपने दिव्य ज्ञान से चित्रकार ने उसके रोग का कारण जान लिया और संकेतों द्वारा उसने राजकुमार की इस हालत का कारण भी समझा दिया। उसके संकेतों को समझते ही राजकुमार फूट-फूट कर रोने लगा। जिससे उसके मन का संताप मिट गया और रोते-रोते उसके बोलने और सुनने की शक्ति लौट आई।

राजा के पूछने पर वेश बदले हुए चित्रकार ने राजकुमार की दुर्दशा का कारण बता दिया कि किस प्रकार शेर के बहकावे में आकर उसने भालू के साथ धोखा किया और उसी के परिणामस्वरूप उसकी ऐसी हालत हुई। राजकुमार से पूछे जाने पर उसने सारी बात स्वीकार कर ली।

राजा को आश्चर्य हुआ और उसने चित्रकार से पूछा कि उसने यह सब कैसे जान लिया। तब चित्रकार ने कहा, वैसे ही जैसे आपकी रानी की जाँघ का तिल बिना देखे उनके चित्र पर बना दिया था। तब राजा को अपने किए पर बहुत पछतावा हुआ और उसने चित्रकार को ढेर सारा इनाम देकर सम्मानपूर्वक विदा किया।

विद्वान् द्वारा कहा गया श्लोक और उसका आशय सुनकर राजा विक्रमादित्य बहुत प्रभावित हुए और उसे पुरस्कार में एक लाख स्वर्ण मुद्राएँ दीं।

19

एक बार महाराज विक्रमादित्य के दरबार में दो तपस्त्री आए। उन्होंने राजा को अभिवादन करने के उपरांत कहा कि वे दोनों उनसे एक विवादित विषय का निर्णय करवाने आए हैं।

राजा के पूछने पर एक तपस्वी बोला कि उसके अनुसार मानव के मन से प्रबल संसार में कोई दूसरा नहीं है। चाहे कैसी भी परिस्थिति हो, मन मनुष्य को अपने अधीन कर ही लेता है।

उसी क्षण दूसरे तपस्वी ने अपनी बात कहनी शुरू की, "राजन्! मैं इनके विचार से कतई सहमत नहीं हूँ।" उस तपस्वी का विचार था कि ज्ञान मन से अधिक प्रबल है। मन में चाहे जितनी भी चंचलता क्यों न भरी हो, ज्ञान के आगे उसकी एक नहीं चलती। ज्ञान के बल पर मनुष्य मन को भी अपने वश में रख सकता है।

राजा ने दोनों पक्षों को सुना। प्रश्न जटिल था, किंतु उत्तर तो देना ही था, वह भी सटीक। इसलिए राजा ने उन दोनों तपस्वियों को कुछ समय पश्चात् आने के लिए कहा।

काफी सोचने पर भी जब राजा को कोई उत्तर न सूझा तो उन्होंने वेश बदला और उत्तर की खोज में प्रजा के बीच जा पहुँचे। अब महाराज विक्रमादित्य एक साधारण नागरिक ही नजर आ रहे थे। इधर-उधर भटकते हुए एक दिन उन्होंने बैलगाड़ी में बोझा ढोते हुए एक युवक को देखा, जो उसी समय विश्राम के लिए एक पेड़ के नीचे बैठा था। महाराज ने उस युवक को देखते ही पहचान

लिया। वे तुरंत उसके पास गए और बोले, "अगर मैं गलत नहीं हूँ तो तुम सेठ गोपालदास के बेटे नारंगीदास हो न?"

स्वीकृति में सिर हिलाते हुए युवक ने कहा कि अब वह सिर्फ नारंगी है।

उसकी ऐसी दशा देखकर राजा ने कारण पूछा तो नारंगी ने बताया कि पिता ने मरते वक्त अपनी धन-दौलत उसे और उसके भाई को बराबर-बराबर बाँट दी थी, किंतु कुसंगति में पड़कर वह जुआ, मदिरापान आदि दुर्व्यसनों में लिप्त हो गया। जिसके कारण उसकी स्थिति दिन-प्रतिदिन खराब होती चली गई। अपना सबकुछ गँवा चुकने के बाद वह सिर से पैर तक कर्ज में डूब गया। जिसके कारण उसने वह नगर ही छोड़ दिया और यहाँ आकर मेहनत-मजदूरी करके गुजारा करने लगा।

नारंगी ने जब राजा विक्रमादित्य से उनके विषय में पूछा तो उन्होंने स्वयं को उसके पिता का पुराना मित्र होने की बात कही। उन्होंने नारंगी से उसके भाई सारंगी के विषय में पूछा तो नारंगी ने बताया कि अपने सद्‌चरित्र के कारण वह खुशहाल है।

कुछ देर चुप रहकर नारंगी ने कहा, "मेरे मन की इस चंचलता ने मुझे कहाँ से कहाँ पहुँचा दिया।" उसकी बातों से राजा को मन की शक्ति का अर्थ समझ में आ गया अर्थात् उन्हें अपने प्रश्न का आधा उत्तर मिल गया था।

नारंगी फिर कहने लगा, "अपना सबकुछ खोकर मैंने एक चीज सीखी, धन की कद्र करना। ये सब ईश्वर की कृपा से ही हुआ है, जिन्होंने मुझे सही-गलत का ज्ञान दिया। आज मैं कुछ बचत भी करता हूँ, क्योंकि मैं जानता हूँ कि मेरी यह बचत ही भविष्य में मेरे काम अएगी। यह गाड़ी भी मैंने अपने ही पैसों से खरीदी है।"

अच्छे–बुरे का ज्ञान होने पर ही नारंगी अपने मन पर काबू रख पाया। राजा ने जब यह सुना तो उन्हें अपने बाकी आधे सवाल का भी जवाब मिल गया। फिर अपना वास्तविक परिचय देते हुए उन्होंने नारंगी को कुछ स्वर्ण मुद्राएँ दीं, जिनसे वह अपना व्यापार बढ़ा सके।

विक्रमादित्य का परिचय जानकर नारंगी चौंक पड़ा। उसने दंडवत् प्रणाम किया और उनका आभार प्रकट करके अपनी मंजिल की ओर बढ़ गया।

कुछ समय पश्चात् जब संन्यासी राजा के पास आए तो उन्होंने नारंगीदास का पूरा किस्सा सुनाते हुए निर्णय दिया, "मन शरीर-रूपी रथ का बेलगाम घोड़ा है, जो किसी भी ओर दौड़ पड़ता है। लेकिन ज्ञान इस रथ का वह कुशल सारथि है, जो मन रूपी भावनाओं में न बहकर घोड़े की नाक में नकेल डालकर उस पर काबू कर सकता है। मनरूपी घोड़ों को काबू में रखने के लिए ज्ञानरूपी सारथि का होना बहुत आवश्यक है।"

संन्यासियों को राजा का निर्णय बहुत पसंद आया। उन्होंने राजा को एक ऐसी चमत्कारी खड़िया दी, जिससे दीवार पर उकेरी जानेवाली आकृतियाँ रात में जीवंत हो उठेंगी और उनके वार्त्तालाप को सुना भी जा सकता था। खड़िया लेकर राजा ने संन्यासियों को धन्यवाद दिया।

20

एक बार महाराज विक्रमादित्य वन भ्रमण के लिए जा रहे थे। उन्होंने देखा कि दो प्रकांड पंडित परस्पर वार्त्तालाप कर रहे थे। जब उनका वार्त्तालाप बहस में बदलने लगा तो उनकी बातें सुनने के उद्देश्य से राजा ने अदृश्य हो जानेवाला तिलक अपने ललाट पर लगाया और अदृश्य होकर उनकी बातें सुनने लगे। जिससे उन्हें ज्ञात हुआ कि एक पंडित बड़े ही आत्मविश्वास के साथ एक मृत पशु की हड्डी उठाकर उसे एक मृग की बता रहा था, साथ ही उसका कहना था कि उस मृग की मृत्यु चार साल पूर्व हुई है।

दूसरा पंडित उसकी बात पर और उसके ज्योतिषीय ज्ञान पर पूर्ण रूप से विश्वास नहीं कर पा रहा। यह उन दोनों में बहस का कारण था।

तभी कुछ दूर चलने पर उन दो पंडितों ने मार्ग में किसी मनुष्य के पैरों के निशान देखे। जिन्हें देखकर पहले वाले पंडित ने कहा, "देखो मित्र! मैं अपने ज्ञान के आधार पर तुम्हें बता सकता हूँ कि ये पदचिह्न किसी राजा के हैं। शायद वह इधर से नंगे पैर चलकर गया होगा।"

यह बोलता हुआ वह पंडित और मौन अवस्था में उसका साथी भी आगे बढ़ते गए। तभी उनकी दृष्टि एक लकड़हारे पर पड़ी, जो कि एक पेड़ के नीचे लेटा था। पहले पंडित ने उस लकड़हारे से पूछा कि वह वहाँ कब आया और क्या उसने उधर से किसी को जाते हुए देखा? लकड़हारे ने बताया कि वहाँ से कोई भी नहीं गुजरा।

तब उस पंडित ने उस लकड़हारे के ही पैरों का मुआयना किया, जिसे

देखकर उसकी आँखें फैली रह गईं, क्योंकि उसके पैरों पर बने कमल चिह्न किसी साधारण मनुष्य के पैर में नहीं हो सकते थे। ऐसे चिह्न तो केवल राजाओं के पैरों में ही होते हैं। इन चिह्नों को देखकर ज्योतिषी के मन में कुछ शंका हुई। उसका समाधान करने के लिए उसके विषय में पूछा तो पता चला कि वह शुरू से ही लकड़हारे का काम करता है और यह कार्य उसे विरासत में मिला है।

लकड़हारे की बात सुनकर ज्योतिषी को विश्वास नहीं हो पा रहा था कि उसके वर्षों के अध्ययन से अर्जित किए ज्ञान ने भी उसे धोखा दे दिया। इस बात से उसे बहुत दुख हुआ। वह अपने साथी के साथ वापस लौट आया। उसका साथी उसका मजाक उड़ाने लगा। यह बात उससे सहन नहीं हुई।

अपनी ज्योतिष विद्या को एक बार फिर परखने के लिए और स्वयं को साबित करने के लिए वह ज्योतिषी अपने उसी मित्र को साथ लेकर राजा विक्रमादित्य के दरबार में पहुँचा।

दोनों मित्रों ने राजा का अभिवादन किया और उनसे एकांत में मिलने की प्रार्थना की।

याचक की याचना का मान रखते हुए विक्रमादित्य उन दोनों से एकांत में मिले। तब ज्योतिषी ने उनसे अपने तलुए दिखाने के लिए प्रार्थना की।

राजा ने निःसंकोच अपना पैर आगे बढ़ा दिया। पैर में राजाओं जैसा कोई चिह्न नहीं था। यह देखकर ज्योतिषी आश्चर्यचकित रह गया। वह उदास हो गया।

राजा ने उसकी उदासी का कारण पूछा तो उसने जंगल से अब तक का सारा हाल सुनाते हुए कहा, "हे राजन्! पैरों के चिह्नों के आधार पर जिस व्यक्ति को राजसुख भोगना चाहिए, वह तो जंगलों की खाक छानता फिर रहा है और दूसरी ओर आप हैं, जिसके पैरों में वैसा एक भी चिह्न अंकित नहीं है, पर आप

चक्रवर्ती सम्राट् का गौरव प्राप्त किए हुए हैं। क्या ज्योतिष का ज्ञान झूठा है, निरर्थक है?"

विक्रमादित्य मुसकराए। उन्होंने एक चाकू से अपने तलुए पर चढ़ी झिल्ली खुरचकर दिखाते हुए कहा, "हे महानुभाव! ज्योतिषीय ज्ञान झूठा या निरर्थक कतई नहीं है, लेकिन पूर्ण आत्मविश्वास से उस पर विश्वास न करने वाले का ज्ञान अवश्य गलत हो जाता है।" यह कहते हुए राजा ने उन्हें सब बताया कि किस प्रकार उन्होंने उन दोनों की बातें सुनीं और स्वयं लकड़हारा बनकर वहीं बैठ गए। राजा ने कहा कि अपने ज्ञान के प्रति उनका भ्रम मिटाने के लिए ही उन्होंने यह सब किया। राजा की बात सुनकर ज्योतिषी का सिर शर्म से झुक गया। राजा ने उसे समझाया और उन दोनों को पुरस्कार देकर विदा किया।

21

एक समय राजा विक्रमादित्य के महामंत्री किसी आवश्यक कार्य से राज्य से बाहर गए थे। लेकिन महामंत्री ने राजा को भनक तक नहीं लगने दी कि उनकी पुत्री किसी भयंकर रोग से पीड़ित है। जब राजा को इस बात का पता चला तो उन्होंने तुरंत राजवैद्य को बुला भेजा। राजवैद्य ने लड़की को देखकर बताया कि यह रोग अंतिम चरण में है। अब इसे केवल स्वाँग बूटी ही बचा सकती है। राजा बोले, "लेकिन यह स्वाँग बूटी कहाँ मिलेगी?"

राजा के पूछने पर राजवैद्य ने बताया कि वह बूटी नीलरत्नगिरि की दुर्गम घाटियों में ही पाई जाती है। वह कँटीली झाड़ी के समान होती है, आधा फूल पीला व आधा नीला होता है और लाजवंती के समान लजाती है। वहाँ पहुँचना अत्यधिक कठिन है। जहरीले जंतुओं का वहाँ जाल बिछा है। सबसे बड़ी बात यह है कि वहाँ से बूटी आने में न जाने कितना समय लग जाए, जबकि महामंत्री की पुत्री को आज की रात भी कट पाना मुश्किल है।

राजवैद्य को धन्यवाद कर राजा ने स्वयं वह बूटी लाने का निश्चय किया। वे उसी क्षण निकल पड़े। राज्य की सीमा से बाहर आने के पश्चात् राजा ने काली माँ के दोनों वेतालों का स्मरण किया और उनके सहयोग से नीलरत्नगिरि पर जा पहुँचे। राजा को उनकी मंजिल पर पहुँचाकर वेताल अंतर्धान हो गए।

पहाड़ी पर पहुँचने के पश्चात् राजा घाटी में उतरने लगा। वहाँ उनका सामना बहुत से साँप, अजगर, शेर आदि से हुआ। उन सबको अपने मार्ग से हटाते

हुए राजा आगे बढ़ गए। दो दिन इसी प्रकार से गुजर गए। रात्रि का अंधकार चारों ओर फैल चुका था। समय बीतता जा रहा था, तब राजा ने मन-ही-मन चंद्रदेव का स्मरण करते हुए कहा कि यदि चंद्र के दर्शन हो जाते तो उनके प्रकाश में बूटी खोजने में सफलता हो जाती।

उसी क्षण सारी घाटी और पहाड़ी पर धवल चाँदनी की किरणें छिटकने लगीं। उस प्रकाश में राजा को स्वाँग बूटी दिखाई दे गई, किंतु उसके चारों ओर जहरीले बिच्छुओं का जमावड़ा था। बिच्छुओं को राजा ने इधर-उधर हटा दिया और तलवार से बूटी का काफी सारा भाग काट लिया। बूटी सँभालने के उपरांत राजा ने चंद्रदेव का धन्यवाद किया कि उनकी ही सहायता से वे बूटी खोजने में सफल हुए।

राजा वहाँ से आगे बढ़े ही थे कि एक प्रकाश-पुंज से वह सारा स्थान जगमगा उठा। स्वयं चंद्रदेव सशरीर राजा विक्रमादित्य के समक्ष खड़े थे। उन्होंने राजा की परोपकार की भावना की सराहना करते हुए कहा कि महामंत्री की पुत्री को अब अमृत ही जीवन दे सकता है। ऐसा कहते हुए चंद्रदेव ने राजा विक्रमादित्य को अमृत कलश दिया और बोले, "हे राजन्! तुम्हारा यह कार्य भी किसी महायज्ञ से कम नहीं है। जिसका मैं स्वयं साक्षी बना हूँ।

"हे राजन्! मैंने तुम्हें भी दर्शन दे दिए हैं। इसलिए महायज्ञ में मेरा आना आवश्यक नहीं है। यदि मैं सशरीर वहाँ उपस्थित रहूँगा तो अन्य भूभाग अंधकारमय हो जाएगा, जो शायद उचित न होगा।" राजा को अपनी शुभकामनाएँ देकर चंद्रदेव अंतर्धान हो गए।

अमृत कलश को लेकर राजा घाटी के बाहर आए और वेतालों की मदद से उज्जैन नगरी जा पहुँचे। उन्होंने महामंत्री की पुत्री के मुँह में अमृत की कुछ बूँदें

टपकाईं, जिससे वह पुनः जीवित हो उठी। स्वाँग बूटी वैद्यराज को देकर राजा अपने महल में लौट गए। राजा की यह दयालुता देखकर महामंत्री उनकी जय-जयकार कर उठा और उसने चंद्रदेव की भी स्तुति की।

22

एक समय की बात है। राजा विक्रमादित्य के दरबार में संगीत का कार्यक्रम चल रहा था। उसे देखने के लिए एक युवक भी बैठा था, जिसका नाम माधव था। युवक ने अपने पिता से संगीत की अच्छी शिक्षा ग्रहण की थी।

संगीत सुनते-सुनते अचानक माधव बोल पड़ा, "अवश्य ही कोई वादक दोषपूर्ण वादन कर रहा है।"

राजा के पूछने पर माधव ने कहा, "राजन्! आपके साजिंदों में किसी एक तबलावादक का अँगूठा दोषपूर्ण है।" अपना कथन असत्य पाया जाने पर उसने राजा से मृत्युदंड तक देने के लिए कह दिया।

राजा के आदेश पर सभी साजिंदे उसी क्षण एक पंक्ति में खड़े हो गए। निरीक्षण करने पर राजा ने पाया कि एक तबलावादक के अँगूठे का आगे का पोर कटा हुआ था, जिस पर उसने पतली सी खाल चढ़वा रखी थी।

माधव की पारखी नजर से राजा बहुत प्रभावित हुए। उसका परिचय जानने के पश्चात् उन्होंने उसे दरबार में रख लिया। समय-समय पर माधव अपनी विद्वत्ता सिद्ध करता, जिससे प्रसन्न होकर राजा उसे पुरस्कृत करते रहते थे।

एक बार महाराज विक्रमादित्य के दरबार में एक कुशल नर्तकी के नृत्य का आयोजन रखा गया। उस सभा में माधव भी उपस्थित था।

नृत्यांगना इतने मनोयोग से नृत्य कर रही थी कि सभी दर्शक ठगे से बैठे उसे निहार रहे थे। जब नृत्य अपने पूरे यौवन पर था, अचानक नृत्यांगना के वक्षस्थल पर एक भौंरा आ बैठा। जिसकी उपस्थिति उसे विचलित कर रही थी।

चाह कर भी वह भौंरे को उड़ा नहीं पा रही थी। तब उसने नृत्य में किसी प्रकार का विघ्न डाले बिना अपनी साँस की गति से भौंरे को उड़ा दिया।

नृत्यांगना की इस दक्षता को माधव के अलावा और कोई नहीं देख पाया था। अचानक ही वह उठकर नर्तकी के पास गया और उसके गले में बहुमूल्य माला डाल दी।

माधव द्वारा किया गया यह कार्य दरबार में अनुशासनहीनता का द्योतक था। इसलिए महाराज क्रोधित हो उठे, किंतु माधव ने उन्हें सबकुछ बताकर उनका क्रोध शांत किया। माधव की इस बात का समर्थन नर्तकी ने भी किया तो प्रसन्न होकर राजा ने उन दोनों को पुरस्कृत किया।

23

एक बार महाराज विक्रमादित्य के दरबार में मनुष्य के मान-सम्मान को लेकर बहस छिड़ी हुई थी। कुछ लोगों का मत था कि मनुष्य को उसके अच्छे कर्मों से ही उच्च कुल में जन्म मिलता है, अतः उसे सम्मान भी उसके कुल के हिसाब से ही मिलना चाहिए। जबकि कुछ लोग मनुष्य के कर्मों को उसके सम्मान का आधार मानते थे।

बहुत देर होने पर भी जब बहस का कोई निष्कर्ष नहीं निकला तो राजा विक्रमादित्य ने एक उपाय सोचा। उन्होंने शिकारियों से शेर का नवजात शिशु लाने के लिए कहा। शावक के आने पर उन्होंने उसे एक गड़रिये को सौंपते हुए कहा कि उसका पालन बकरी के बच्चों के साथ उन्हीं की तरह से किया जाए। गड़रिये ने वैसा ही किया।

कुछ समय पश्चात् राजा ने गड़रिये से शेर के बच्चे के विषय में पूछा तो उसने बताया कि अब वह कुछ बड़ा हो गया है, लेकिन रहता बकरी के बच्चों के साथ ही है, बस उनकी तरह घास नहीं खाता। राजा ने शेर के बच्चे को शाकाहारी बनाने का आदेश दिया।

बकरी के बच्चों के साथ रहकर शेर के बच्चे का व्यवहार बिलकुल उन्हीं के जैसा हो गया था। कुछ दिन पश्चात् राजा कुछ दरबारियों के साथ एक मैदान में गए, जहाँ शेर और बकरी के बच्चे विचरण कर रहे थे। तभी कुछ दूरी पर राजा के आदेश पर एक शेर को छोड़ा गया। ज्यों ही शेर ने दहाड़ मारी और बकरियों की ओर छलाँग लगाई, सभी बकरियाँ एक ओर भागने लगीं। शेर का बच्चा भी उसी

झुंड के साथ भाग खड़ा हुआ।

तब राजा ने साथ आए लोगों को समझाया कि भले ही यह बच्चा शेर का है, किंतु बकरियों के साथ रहने के कारण इसका स्वभाव भी उन्हीं के जैसा हो गया अर्थात् किसी भी जीव के स्वभाव एवं गुणों पर उसके वातावरण का प्रभाव अवश्य पड़ता है।

राजा के आदेश पर शेर के बच्चे को जंगल में छोड़ दिया गया। सैनिक उस पर हर पल नजर रखे हुए थे। कुछ दिनों बाद ही पता चला कि शेर के बच्चे ने एक खरगोश का शिकार कर उसे खा लिया। इसके बाद वह मांसाहारी बन गया। दूध को वह छूता भी नहीं था। इस प्रकार राजा ने एक बार फिर लोगों के सामने स्वभाव पर वातावरण के प्रभाव का असर साबित किया।

राजा ने कहा कि बचपन से ही बकरियों के साथ रहनेवाला शेर का बच्चा उनसे अलग किए जाने पर बिना किसी सहायता के शिकार करने लगा। वह उसकी मूल प्रवृत्ति के कारण ही हुआ है। इस प्रकार मनुष्य चाहे कितने भी अच्छे कुल में उत्पन्न हुआ हो, यद्यपि उसमें अपने कुल के प्राकृतिक गुणों का समावेश होता है, किंतु प्रतिकूल वातावरण उसे भटका सकता है। इसलिए मनुष्य को सम्मान उसके कर्मों के आधार पर मिलना चाहिए।

एक बार महाराज विक्रमादित्य वेश बदलकर अपनी प्रजा का हाल जानने के लिए नगरी के किसी भाग में घूम रहे थे। अचानक उनकी नजर एक हवेली के छज्जे से लटकी मोटी रस्सी पर पड़ी। किसी चोर का संदेह होने पर राजा वहाँ गए तो उन्हें एक स्त्री की आवाज सुनाई दी, जो किसी पुरुष से अपने पति की हत्या करने के लिए कह रही थी, जबकि पुरुष पाप का भय दिखाते हुए ऐसा करने से मना कर रहा था। उसके मना करने पर स्त्री ने कहा कि वह स्वयं ही अपने पति की हत्या कर देगी और फिर सारी धन-दौलत लेकर उसके साथ भाग चलेगी। यह सुनते ही राजा सारा माजरा समझ गया। राजा वहीं एक ओर छिपकर खड़ा हो गया। जैसे ही पुरुष रस्सी के सहारे नीचे उतरा, उसकी गरदन पर तलवार रखकर अपना परिचय देते हुए राजा ने सबकुछ बताने को कहा।

पुरुष ने अपना नाम शीलदास बताया और बोला कि मैं इसी राज्य का निवासी हूँ। वह और सेठ की पत्नी भानुप्रिया बचपन से ही एक-दूसरे से प्रेम करते थे। उसके पिता बहुत धनवान थे, लेकिन एक बार समुद्री लुटेरों ने उनका माल से लदा जहाज और सारा धन लूट लिया। इसका बदला लेने के लिए वह लुटेरों के दल में शामिल हो गया और उन्हें मारकर सारा माल ले आया। लौटने पर उसकी भेंट भानुप्रिया से हुई तो उसकी शादी हो चुकी थी। वह उसके लिए नौलखा हार लाया, ताकि उसकी धन-दौलत को देखकर भानुप्रिया उसके साथ चली जाए, किंतु ऐसा नहीं हुआ। वह इसी प्रकार रोज उससे मिलने आता रहा, परंतु आज जब वह भानुप्रिया से मिलने आया तो उसने शीलदास से उसके पति

को मार डालने के लिए कहा। शीलदास के मना करने पर भानुप्रिया ने इस कार्य का जिम्मा स्वयं लेते हुए शीलदास से अगली रात को आने के लिए कहा।

शीलदास के सत्य बोलने पर राजा प्रसन्न हुआ और उसे सेना में उच्च पद प्रदान करने का वचन दिया। राजा शीलदास को अपने साथ महल में ले गया। अगली रात शीलदास का वेश धरकर राजा स्वयं हवेली के नीचे जा पहुँचा। अपने प्रेमी को आया जान भानुप्रिया ने एक भारी सी गठरी नीचे फेंकी, फिर स्वयं रस्सी

के सहारे उतर आई और बोली कि उसने सेठ को जहर पिलाकर मार डाला। अब हम दोनों कहीं दूर जाकर सुख से रहेंगे। मैंने सारा माल-खजाना भी गठरी में भर लिया है। शीलदास को कुछ न बोलते देख वह शंकित हो उठी और एकाएक उसकी दाढ़ी-मूँछ उखाड़ ली। शीलदास के स्थान पर किसी और को देखकर वह जोर-जोर से चिल्लाने लगी कि उसने जहर पिलाकर सेठ की हत्या कर दी है और चोरी करके भाग रहा है। राजा को पहले से ही इस सबका अंदेशा था, इसी कारण नगर कोतवाल और सिपाहियों को पहले से ही वहाँ छिपा दिया गया था। फिर राजा के संकेत पर भानुप्रिया को गिरफ्तार कर लिया गया।

भानुप्रिया यह सब सहन न कर सकी और मौका देखकर विष पीकर उसने अपनी जान दे दी।

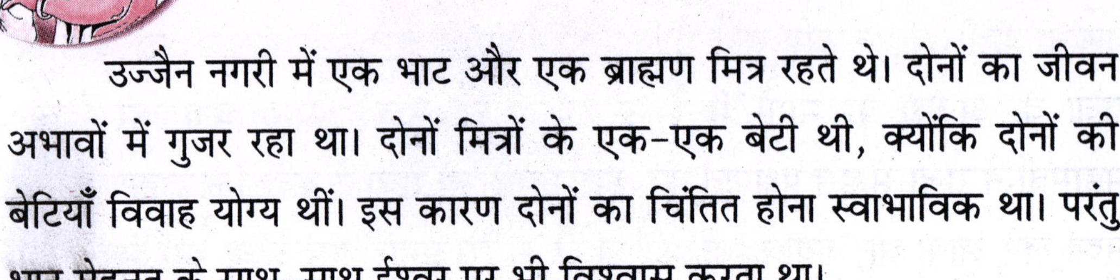

उज्जैन नगरी में एक भाट और एक ब्राह्मण मित्र रहते थे। दोनों का जीवन अभावों में गुजर रहा था। दोनों मित्रों के एक-एक बेटी थी, क्योंकि दोनों की बेटियाँ विवाह योग्य थीं। इस कारण दोनों का चिंतित होना स्वाभाविक था। परंतु भाट मेहनत के साथ-साथ ईश्वर पर भी विश्वास करता था।

एक दिन भाट किसी नगर से अच्छा पैसा कमाकर लाया, किंतु रास्ते में ही कुछ लुटेरों ने उसे लूट लिया।

पत्नी के पूछने पर सारी कथा विस्तारपूर्वक सुनाते हुए वह बोला कि यदि हमारे भाग्य में होता तो इतनी मेहनत से इकट्ठा किया धन यूँ ही न लुट जाता। इसलिए कहता हूँ, ईश्वर पर विश्वास रखो। वही सबकुछ करने वाले हैं और अवश्य ही करेंगे। पत्नी बोली, "बस यूँ ही ईश्वर के भरोसे बैठे रहो, जैसे वे स्वयं राजा विक्रमादित्य को भेज देंगे मदद को।"

"ईश्वर चाहे तो क्या नहीं हो सकता?" दृढ़ विश्वास था भाट के शब्दों में।

अपने दैनिक कार्यक्रम के अनुसार राजा विक्रमादित्य प्रजा के सुख-दुख की खबर लेने के लिए वेश बदलकर घूम रहे थे। भाट और उसकी पत्नी के वार्त्तालाप के समय राजा उन्हीं के द्वार के पीछे खड़ा था। उन्होंने सब सुन लिया। फिर वे आगे बढ़ गए।

जब राजा ब्राह्मण के द्वार पर पहुँचे तो उन्होंने ब्राह्मणी को अपने पति से कहते सुना कि उन्हें पुत्री के विवाह के लिए राजा से सहायता लेनी चाहिए। राजा वहाँ से भी चले गए।

अगले दिन राजा ने ब्राह्मण और भाट दोनों को बुलवाया। दोनों ने उपस्थित होकर राजा का अभिवादन किया। राजा ने महामंत्री से भाट को उसकी पुत्री के विवाह हेतु धन लेने के लिए कहा, किंतु भाट ने वह धन राजा के हाथ से देने की प्रार्थना की। राजा ने उसे दस लाख स्वर्ण मुद्राएँ दे दीं। ब्राह्मण की बारी आई तो राजा के आदेश पर महामंत्री ने उसे कुल सौ मुद्राएँ देकर विदा कर दिया। महामंत्री ने राजा से इस पक्षपात का कारण पूछा तो राजा ने कहा कि ब्राह्मण हमसे मदद लेने आया था, जबकि भाट ईश्वर के भरोसे हमारे पास आया था। ईश्वर की कृपा राजा से बड़ी होनी चाहिए। ऐसा इसलिए किया गया।

राजा द्वारा दिए गए धन से ब्राह्मण कन्या की शादी खूब अच्छी तरह हो गई। भाट ने वह सारा धन ईमानदारी से बेटी का भाग्य समझकर उसके विवाह में लगा दिया। जिससे खुश होकर राजा ने उसे कई गाँव ईनाम में दे दिए।

26

एक बार राजा अपनी प्रजा का हाल जानने के लिए वेश बदलकर घूम रहे थे कि तभी एक मकान के अंदर से आवाजें सुनाई दीं, जिनमें छोटी रानी के कुकर्मों का बखान हो रहा था।

राजा महल में लौटे। उन्होंने चुपचाप छोटी रानी पर नजर रखनी शुरू की। रात के समय राजा को सोया हुआ समझकर छोटी रानी खूब बनाव-शृंगार करके महल के गुप्त रास्ते से बाहर निकली। राजा ने चुपचाप उसका पीछा किया। वह जंगल में पहुँचकर एक योगी की कुटिया में प्रविष्ट हो गई। राजा ने चुपचाप उस कुटिया में झाँका तो वहाँ योगी उपस्थित था। वहाँ के आपत्तिजनक दृश्य देखकर राजा दंग रह गया। वह तुरंत भीतर गया और तलवार से उन दोनों के सिर धड़ से अलग कर दिए। फिर वह महल में लौट आया।

इस घटना से राजा का हृदय विदीर्ण हो उठा। राज-काज मंत्रियों को सौंपकर वह समुद्र तट पर पहुँचा। वहाँ स्तुति कर उन्होंने समुद्रदेव को प्रसन्न किया। समुद्रदेव ने उन्हें एक शंख भेंट किया, जिसकी ध्वनि से दैवीय विपत्ति दूर हो जाती थी।

समुद्र तट पर एक छोटी सी कुटिया बनाकर राजा विक्रमादित्य अखंड साधना में लीन हो गए। उनकी साधना से इंद्रादि देवता घबरा उठे। कई देवता और अप्सराओं आदि को भेजकर इंद्र ने विक्रमादित्य की साधना भंग करनी चाही, किंतु विक्रमादित्य ने शंख बजाकर सारी बाधाओं को दूर भगा दिया और निर्विघ्न साधना में लगे रहे। तब स्वयं इंद्रदेव एक साधु के वेश में विक्रमादित्य के समक्ष

उपस्थित हुए और दान की याचना की। विक्रमादित्य ने जब उनकी माँग पूछी तो उन्होंने दान में उनके तप का सारा फल माँग लिया। विक्रमादित्य ने साधना का सारा फल सहर्ष साधु को दे दिया।

अगले ही पल साक्षात् देवराज इंद्र वहाँ उपस्थित हुए। उन्होंने राजा की उदारता और दानशीलता से प्रसन्न होकर उन्हें आशीर्वाद दिया कि उनका राज्य अतिवृष्टि और अनावृष्टि से सदैव भय मुक्त रहेगा। इंद्रदेव अंतर्धान हो गए और राजा विक्रमादित्य अपने महल में लौट आए।

27

एक बार महाराज विक्रमादित्य ने एक धार्मिक ग्रंथ में भक्त प्रह्लाद के पौत्र दैत्यपति महाराज बलि की दानशीलता के विषय में पढ़ा। जिससे उनके मन में बलि के दर्शनों की अभिलाषा जाग्रत् हो उठी। वे उसी क्षण राजकाज मंत्रियों को सौंपकर जंगल की ओर चल दिए।

जंगल में असाध्य साधना करके महाराज विक्रमादित्य ने विष्णु भगवान् को प्रसन्न किया। विष्णु भगवान् ने साक्षात् दर्शन देकर राजा को एक शंख भेंट किया और राजा की इच्छानुसार उन्हें पाताल जाने का मार्ग भी बताया।

शंख लेकर उसी मार्ग पर चलते हुए विक्रमादित्य पाताल लोक में जा पहुँचे, किंतु वहाँ उन्हें महल में प्रविष्ट होने की अनुमति नहीं मिली, क्योंकि बलि के दर्शन केवल शिवरात्रि पर ही किए जा सकते थे। इससे क्षुब्ध होकर विक्रमादित्य ने अपनी तलवार से अपनी गरदन काट डाली। राजा बलि को इस बात का पता चला तो उनके आदेश पर अमृत द्वारा विक्रमादित्य को पुनः जीवित कर दिया गया, किंतु फिर भी जब उन्हें बलि के दर्शन न हो सके तो विक्रमादित्य ने फिर वही किया और उन्हें फिर उसी प्रकार जीवित कर दिया गया। यह क्रम कई बार चला। अंत में दैत्यराज बलि द्वारा उन्हें महल में प्रवेश की अनुमति प्राप्त हो गई। राजा महल में प्रविष्ट हुआ।

दैत्यराज बलि ने विक्रमादित्य से उनके वहाँ आने का कारण पूछा तो विक्रमादित्य ने उन्हें सारी बात बता दी, जिसे सुनकर दैत्यराज अति प्रसन्न हुए और उन्होंने राजा को एक मूँगा प्रदान करते हुए कहा कि यह सभी मनोकामना

तत्काल पूर्ण करेगा।

मूँगा ग्रहण कर विक्रमादित्य ने राजा बलि को साष्टांग प्रणाम किया और अपने महल को लौट पड़े। अभी वे मार्ग में ही थे कि उन्होंने एक स्त्री को उसके पति के शव के पास हृदय-विदारक विलाप करते देखा। स्त्री को धीरज बँधाते हुए राजा ने मूँगे की सहायता से उसके पति को पुनः जीवित कर दिया। दोनों पति-पत्नी ने राजा का धन्यवाद किया और अपने स्थान को लौट गए। राजा विक्रमादित्य भी अपने महल को लौट आए।

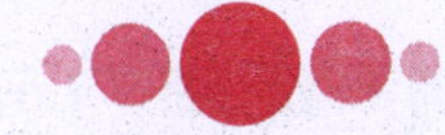

28

महाराज विक्रमादित्य एक साधारण नागरिक के वेश में पुरोहित के साथ नगर भ्रमण के लिए गए। रात होने पर वे एक मकान के समीप से गुजरे। उनके कानों में किसी वृद्धा के रोने की आवाज सुनाई पड़ी। राजा ने उसके पास जाकर उसके रोने का कारण पूछा। वृद्धा ने बताया कि उसका एकलौता पुत्र जंगल से लकड़ियाँ लाने गया था, किंतु अभी तक लौटकर नहीं आया है। राजा ने वृद्धा को धीरज बँधाया और स्वयं उसके पुत्र को खोजने चले गए। वह उन्हें जंगल में एक पेड़ पर बैठा हुआ मिला, जो शेर के डर से पेड़ पर चढ़ गया था। राजा ने शेर को भगाया और उसे लेकर उसकी माँ के पास पहुँच गया।

वृद्धा ने राजा को आशीर्वाद दिया। राजा पुरोहित के साथ आगे बढ़ चले। चलते-चलते वे समुद्र के तट पर जा पहुँचे। वहाँ उन्हें एक नवयौवना रोती हुई दिखाई दी। पूछने पर उसने बताया कि उसका पति समुद्र के रास्ते किसी अन्य द्वीप पर व्यापार के लिए जा रहा है। उसने रात को स्वप्न देखा कि उसका पति जिस जहाज से जा रहा है, वह डूब गया और कोई भी जीवित नहीं बचा। सुबकते हुए उस यौवना ने कहा कि उसके बहुत समझाने पर भी उसका पति रुक नहीं रहा है। यदि उसे कुछ हो गया तो उसका उसके होनेवाले बच्चे का क्या होगा?

राजा ने उस यौवना को धीरज बँधाया और समुद्रदेव से मिला दिव्य शंख उसे देते हुए कहा कि यह शंख उसके पति की हर समुद्री आपदा से रक्षा करेगा। राजा के कहने पर उसने वह शंख अपने पति को दे दिया और उसके सारे गुण भी बता दिए।

दोनों जब आगे बढ़े तो उन्हें एक घोड़ा तथा उस पर बैठकर इंद्रलोक आने का संदेश मिला। राजा ने कहा कि पुरोहित भी उसके साथ है।

इस पर पुरोहित ने राजा से अकेले ही जाने का विनम्र निवेदन किया। राजा के घोड़े पर बैठते ही घोड़ा सरपट दौड़ने लगा। जंगल से निकलकर घोड़ा हिनहिनाया और आकाश की ओर उड़ गया। घोड़े ने राजा को इंद्रपुरी पहुँचा दिया। वहाँ की अनुपम शोभा देखते ही बनती थी। इंद्र अपनी पत्नी के साथ सिंहासन पर विराजमान थे। दरबार में मनोहारी नृत्य चल रहा था। विक्रमादित्य को देखते ही इंद्र ने सिंहासन से उठकर उनका स्वागत किया और अपने सिंहासन पर बैठने का आग्रह किया।

विक्रमादित्य ने इंद्रदेव को अपना पूजनीय बताते हुए उनके सिंहासन पर बैठने को धृष्टता बताया। जिसे सुनकर इंद्रदेव प्रसन्न हो गए। उन्होंने विक्रमादित्य को इंद्रलोक की सैर कराई और एक सुंदर मुकुट भेंट किया।

29

एक बार महाराज विक्रमादित्य वेश बदलकर अपने राज्य में घूम रहे थे। तभी उनके कानों में 'बचाओ-बचाओ' की आवाज सुनाई पड़ी। आवाज नदी से आ रही थी। राजा तुरंत वहाँ पहुँचे। उन्होंने देखा कि दो लोग नदी के प्रवाह में बहते जा रहे हैं। उसी क्षण राजा ने छलाँग लगाई और उन दोनों को नदी से बाहर निकाल लिया। उनमें से एक युवक और एक युवती थी। युवती बहुत ही सुंदर थी।

राजा ने उनका परिचय पूछा तो युवक ने बताया कि उसका नाम देवकांत है और वह युवती उसकी बहन देवकांता है। वे लोग सारंगी देश के नागरिक हैं। अपने परिवार के साथ नाव में सफर कर रहे थे। भँवर में फँसकर नाव उलट गई और सब लोग जल में डूबने लगे। जैसे-तैसे वे दोनों ही जान बचाने में कामयाब हुए हैं। उसने राजा का आभार व्यक्त किया। उस समय राजा को पहचान पाना मुश्किल था, तब राजा ने उनसे कहा कि आप लोगों को ससम्मान आपके देश पहुँचा दिया जाएगा। तब तक आप लोग अतिथि बनकर यहाँ ठहर सकते हैं। राजा उन्हें अपने साथ महल में ले आए। तब उन लोगों को पता चला कि उनकी जान बचानेवाला राजा विक्रमादित्य है। राजा ने उन्हें अतिथिशाला में ठहराया।

देवकांत का सबकुछ नष्ट हो चुका था। उसे अपनी बहन की चिंता हुई तो उसने सोचा कि देवकांता का विवाह विक्रमादित्य से करा दे। दृढ़ निश्चय कर वह राजा के पास गया। उसने सिर झुकाकर राजा से निवेदन किया कि वह उसकी बहन को स्वीकार करें।

राजा विक्रमादित्य ने कहा कि उसकी बहन उनके महल में आजीवन एक

बहन की हैसियत से रह सकती है। राजा का ऐसा चरित्र देख देवकांत उसकी जय-जयकार कर उठा।

विक्रमादित्य ने देवकांत से कहा कि यदि उसकी नजर में कोई योग्य युवक हो तो बताए। देवकांत ने उदयगिरि के राजकुमार उदयन का नाम लिया। राजा ने बहुत से धन के साथ ब्राह्मणों को उदयगिरि भेज दिया।

30

राजा विक्रमादित्य को अपने योगबल से पता चला कि उनकी आयु मात्र छह वर्ष शेष है। इसलिए उनका मन राज-पाट से ऊब गया और वे सघन वन में जाकर साधना में लीन हो गए। जब वे साधना करते-करते थक जाते तो वापस महल लौट आते थे। एक दिन महल को लौट रहे थे तो उन्होंने एक सुंदर मृग को देखा। उसे देखते ही विक्रमादित्य ने शिकार हेतु ज्यों ही प्रत्यंचा खींची, कृपा की गुहार करती एक मानवीय आवाज उन्हें सुनाई दी। राजा ने देखा तो यह आवाज मृग की थी।

राजा के पूछने पर मृग ने बताया कि कुछ समय पूर्व वह एक राजकुमार था। शिकार के समय उसने एक शब्दबेधी बाण छोड़ा, जो तपस्या करते एक योगी के सिर पर से होते हुए गुजरा। इससे योगी की साधना में विघ्न पड़ गया। जिससे क्रोधित होकर उसने उसे शाप दे दिया। उसके बहुत अनुरोध करने पर योगी ने कहा कि राजा विक्रमादित्य के दर्शन से उसकी मानवीय वाणी लौट आएगी। उसने कहा कि यदि राजा उसके साथ उस योगी से मिलने जाएँगे तो उसे शाप से पूर्ण मुक्ति मिल जाएगी।

योगी से मिलने के लिए राजा मृग के साथ सघन वन में जा पहुँचे। वहाँ एक योगी पेड़ पर उलटा लटककर साधना कर रहा था। राजा को देखकर वह अगले ही पल सीधा खड़ा हो गया। वह हाथ जोड़कर बोला, "राजन्! आज मुझे मेरी साधना का फल मिल गया, जो मैंने आपके दर्शन किए।"

राजा हैरत के साथ बोले, "मुनिवर! इतनी कठोर साधना आपने एक

साधारण मानव के दर्शन के लिए की है?"

"हे राजन्! आपके दर्शन इंद्रदेव के दर्शन के तुल्य हैं।" यह कहकर योगी ने विक्रमादित्य से राजा बलि का दिया मूँगा दान-स्वरूप माँग लिया। राजा ने सहर्ष वह मूँगा उन्हें दे दिया। योगी के मूँगा ग्रहण करते ही मृग बना राजकुमार शाप मुक्त होकर मानव रूप में आ गया। उसने राजा व योगी दोनों के चरण स्पर्श कर आशीर्वाद प्राप्त किया।

31

राजा विक्रमादित्य को अपनी मृत्यु का पूर्वाभास हो चुका था। इसलिए वे अपना अधिक-से-अधिक समय धर्म कार्यों में लगाते थे, साथ ही राजकाज भी देखते थे। एक दिन अपनी कुटिया में साधना करते समय अचानक ही उनकी दृष्टि एक ओर उठती चली गई। दूर पहाड़ियों के बीच से एक प्रकाश पुंज बिखरता हुआ दिखा, जो पूरी पहाड़ी को प्रकाशमान कर रहा था, वह एक स्वर्णिम भवन की अद्‌भुत छटा को निखार रहा था। इस अद्‌भुत दृश्य को देखकर राजा का मन व्याकुल हो उठा और वेतालों की सहायता से वे उस पहाड़ी पर जा पहुँचे। राजा को पहाड़ी तक पहुँचाने के पश्चात् वेतालों ने आगे जाने में असमर्थता दिखाई, क्योंकि आगे एक योगी का निवास था। वहाँ तक किसी भी साधारण मानव या अन्य किसी का पहुँचना नामुमकिन था।

वेतालों को विदा करके राजा स्वयं ही आगे बढ़ गए। जैसे ही उन्होंने स्वर्णिम भवन के द्वार में प्रविष्ट होना चाहा, एक आग के गोले ने आकर उनका मार्ग अवरुद्ध कर दिया। राजा वहीं रुक गए। तभी अंदर से आवाज आई, "यह आगंतुक कोई साधारण मानव नहीं है, आने दो उसे।" अगले पल राजा महल के भीतर पहुँच गए। योगी ने राजा से उनका परिचय पूछा। विक्रमादित्य ने अपना परिचय दिया तो उनका अभिवादन करके योगी ने उन्हें यथोचित सत्कार दिया और वर माँगने को कहा।

राजा विक्रमादित्य ने वर में वह स्वर्णिम भवन ही माँग लिया। योगी ने महल विक्रमादित्य को दे दिया और स्वयं वन में चला गया। अपने गुरु से

मिलकर योगी ने उन्हें सारी बात बताई। गुरु ने उसे विक्रमादित्य की दानशीलता के विषय में बताते हुए कहा कि वह ब्राह्मण वेश में जाकर विक्रमादित्य से अपना महल दान में माँग ले।

योगी राजा के पास पहुँचा। अपने गुरु के कहे अनुसार उसने याचना की तो राजा ने बिना एक क्षण गँवाए उसे महल का अधिकारी बना दिया।

कुछ दिनों बाद राजा विक्रमादित्य इस नश्वर शरीर को त्यागकर स्वर्ग सिधार गए। उनकी सभी रानियाँ उनके साथ सती हो गईं।

32

बत्तीसवीं पुतली बहुत ही सुंदर थी। राजा भोज ने स्वयं उसका परिचय पूछा। पुतली ने बताया कि वह इस सिंहासन की सभी पुतलियों की रानी है। पुतली के और कुछ कहने से पहले राजा भोज ने कहा कि वे सिंहासन की पुतलियों की कथाओं के माध्यम से समझ चुके हैं कि इस सिंहासन को उसी जगह दफन कर देंगे, जहाँ से उसे निकाला गया था।

राजा भोज की यह बात सुनकर सभी पुतलियाँ रानी रूपवती से आ मिलीं। रानी रूपवती ने कहा, "राजन्! तुम्हारे इस निर्णय से हमें इस सिंहासन से मुक्ति मिल जाएगी और पुतलियों के निकल जाने पर यह सिंहासन कांतिविहीन हो जाएगा। इसकी बहुत बुरी गत होगी। इसके साथ ही राजन्, मैं आपको बताना चाहती हूँ कि भले ही तुम राजा विक्रमादित्य जैसे अद्‌भुत संस्कारों के स्वामी नहीं हो, परंतु यह तुम्हारे अच्छे गुणों का ही प्रभाव है जो तुम्हें इस दिव्य सिंहासन के दर्शन हुए। हम तुम्हें आशीर्वाद देती हैं कि जब तक यह विश्व राजा विक्रमादित्य का नाम याद करेगा, तुम्हारा नाम भी अवश्य दोहराया जाएगा। साथ ही तुम्हारा राज्य सदा सुख-समृद्ध रहेगा तथा प्रजा को कोई कष्ट नहीं सहना पड़ेगा।"

राजा को इस प्रकार के आशीर्वाद देकर सभी पुतलियाँ आकाश की ओर उड़ गईं।

□□□